Gaea

GAEA

ISLAND 噩盡島 8

莫仁——著

噩盡島 8

目錄

ISLAND 噩盡島

登場人物介紹

■ 乍看有些白淨文弱的少年。個性冷漠，不喜與人接觸，討厭麻煩，遇事時容易失控。
■ 巧遇鳳凰換靈，身負渾沌原息，持有影妖凱布利。
■ 裝備：金犀匕、血飲袍

沈洛年

■ 具有喜慾之氣的白色巨狐，個性精靈調皮。三千年前因故留在人間。
■ 不慎與沈洛年訂下「平等」誓約，目前正極力尋找寶物轉贈洛年，以望蓋約。

懷真

■ 個性負責認真，稍有潔癖，有時容易自責。
■ 隸屬白宗，現任白宗宗長。發散型，專修爆訣。目前正學習道術五靈中的炎靈。
■ 武器：杖型匕首

葉瑋珊

■ 體育健將。個性樂觀開朗善良，頗受歡迎的短髮陽光少年。
■ 隸屬白宗，內聚型，專修柔訣。對於武學頗有研究，是白宗的武學指導。
■ 武器：銀色長槍

賴一心

■ 個性粗疏率真，笑罵間單純直接，平常活潑好動、食量奇大。
■ 隸屬白宗，內聚型，專修爆訣。
■ 武器：青色厚背刀

瑪蓮

- 個性冷靜寡言，表情不多，愛穿寬鬆運動外套、黑色緊身牛仔褲與短靴。
- 隸屬白宗，發散型，專修柔訣。目前正學習道術五靈中的凍靈。
- 武器：銀色細窄小匕首

奇雅

- 有一副娃娃臉，平時臉上表情不多。跳級就讀高中，被沈洛年引入白宗。
- 隸屬白宗，內聚型，專修爆訣。
- 武器：偃月大刀

吳配睿

- 體格輕瘦，喜歡選輕鬆的事情來做，頗有點小聰明。外號：蚊子。
- 隸屬白宗，內聚型，專修輕訣。
- 武器：細長劍

張志文

- 稍矮胖，給人穩重感。在不熟悉的人面前不多話，善於分析情況，常給瑋珊許多建議。外號：無敵大。
- 隸屬白宗，內聚型，專修凝訣。
- 武器：帶刺雙盾

黃宗儒

- 個性憨直開朗，講義氣，很好相處，常和張志文一搭一唱。外號：阿猴。
- 隸屬白宗，內聚型，專修輕訣。
- 武器：細長劍

侯添良

- 美豔，身材修長豐滿，最初隸屬白宗，後因故加入總門。善於察言觀色，巧於心計。
- 隸屬總門的道武門人，發散型，爆輕雙修。
- 武器：匕首

劉巧雯

■ 個性溫柔和善，但決斷力稍弱，心腸與耳根子皆軟。是葉瑋珊的舅媽。
■ 隸屬白宗，為白宗前任宗長，發散型，專修爆訣。
■ 武器：匕首

白玄藍

■ 白玄藍丈夫，聲音低沉。對古文頗有研究，十分疼愛白玄藍。
■ 隸屬白宗，內聚型，輕柔雙修。
■ 武器：五節劍

黃齊

■ 麟犼幼獸，原形為龍首、馬身，全身赤紅，腦後一大片金色鬃毛。
■ 對奇怪的事物充滿好奇心，人形為夏威夷混血少女。

燄丹

■ 窮奇幼獸，原形為白色紫紋、脅生雙翅的虎狀妖獸。和羽霽是從小玩耍吵鬧的玩伴。
■ 討厭一般人類，但特別喜歡聞不可理喻之人的氣味。人形為金髮碧眼女娃。

山芷

■ 畢方幼獸，原形宛如巨鶴，全身披帶著紅色紋路的藍色羽翼，只有單足。
■ 因為玩伴被洛年搶走，因此對沈洛年特別有敵意。人形為黑髮黃種女娃。

羽霽

前情提要

息壤爆炸後世界殘破，噩盡島反成為最適合居住之地，大規模移民潮蜂擁而來。回台尋親的洛年與懷真，意外與三小神獸結為夥伴，四處闖入龍族寶庫尋寶。奇異的變化使得洛年竟對懷真動情了，兩人被迫分開，沈洛年獨自回到噩盡島，卻碰上白宗正遭遇巨大刑天攻擊，陷入險境……

ISLAND
以身相許也不吃虧

在白宗眾人和刑天交戰、吳配睿陷入危機的這一瞬間，從林中電閃般穿出的人，當然是沈洛年。

十幾分鐘之前，只有侯添良、張志文兩人和刑天對峙糾纏的時候，沈洛年就已經感覺到西南數十公里外，似乎有人類正和一股強大妖炁周旋。

他雖然能大概分辨出種族和妖炁性質，卻沒辦法分辨實際戰鬥的人是誰，只感覺到有點熟悉，而人類中具有這種炁息量的人實在不多，很容易就推測出是白宗的人遇敵。

爲了懷眞，他本來不想再干涉，所以繼續拿了妖藤，放上獨輪車往北運，但是他越想越不對勁，白宗人既然到了西方冒險，怎會只有兩人？而那妖怪感覺上十分強大，只有兩人又怎能應付？

這麼一面推一面想，沈洛年一時想岔，以爲白宗大多數人已經傷亡，才會只剩下兩人還在和妖怪拚鬥，想到這一點，他終於忍不住扔下車往這兒奔，要搞清楚狀況。

怎料奔到不遠處，卻突然發現葉瑋珊等一大群人也正在接近，他這才鬆一口氣，放慢了腳步，打算繼續隱身，但他也不免好奇，想看看到底是誰和妖怪耗上了？於是鑽到戰場東北處的林中偷看。

當那巨型刑天出現和眾人搏鬥時，沈洛年不禁大吃一驚，那不是當初把自己砍成兩半的大傢伙嗎？竟然還在噩盡島上……這妖怪可不是普通的強大啊，沈洛年不禁替白宗擔心。

沒想到兩個多月沒見，白宗眾人似乎又進步了不少，不只妖炁比過去提升了些，葉瑋珊和奇雅兩人施展道咒之術的速度也快了不少，看來大家都沒偷懶，自己功夫卻幾乎都放下了……想到這兒，沈洛年不禁暗暗慚愧。

至於巨型刑天，卻似乎並沒有當初那麼強悍……沈洛年一轉念已經明白，這兒的道息濃度遠不如當初噩盡島中央，白宗眾人身懷被稱作洛年之鏡的道息集中器，受到影響較小，刑天受的影響可就大了，消長之間，白宗眾人才沒在一碰面之下就被擊潰。

但似乎還是打不過啊……而且這些笨蛋！居然為了一群不相干、跑得慢的傢伙而留下拚命？現在可好了吧，媽的！快完蛋了！

沈洛年一面看一面暗罵，正氣得跳腳，卻見吳配睿就要糟糕，他終於忍不住拔出金犀匕往外衝，向著刑天迎了過去。

沈洛年這段時間，雖然並沒有做什麼修煉，卻不斷吸收外在道息，他本來是想增加體內的存量，方便懷眞取用，沒想到卻使得自己體質逐漸仙化，用一般人類的說法——也就是妖化。

這代表沈洛年現在的力量和反應速度都比過去快上不少，雖然沒特別練習，點地急衝的速度，仍有顯著的提升。

當然想和這種強大妖怪比力氣還是差得老遠，沈洛年能快速移動，靠的仍然是那質量消失的古怪能力，推動的力量既然增大，自然更能抵禦風阻，速度也跟著快了起來。

面對著巨型刑天，沈洛年不敢掉以輕心，一面衝，一面照著之前練習的方式，側著身子，藉匕首在前方破空，並以古怪的姿勢貼地快行，對他來說，提升速度最大的障礙就是風阻，降低的風阻越多，移動的速度就能越快。

他欺近刑天的瞬間，刑天反應也快，盾牌一推，帶著強大妖炁向著沈洛年迫去。

沈洛年還記得上次的教訓，自己雖不怕妖炁，可不能和對方武器撞上，他當下點地急閃，滴溜溜地繞著刑天一轉，連續幾個點地，一面不斷改變方向，一面對著刑天身後衝旋。

刑天吃了一驚，連忙轉身揮動武器，但沈洛年感到武器接近就閃，發覺有空隙就接近，身子完全不停留，倏進倏退，繞行方向也不固定，就這麼忽左忽右地大兜圈子，遇到機會就接近揮刀。

刑天斧頭和盾牌到處亂揮，卻不斷揮空，瀰漫的妖炁也完全失去效用，他彷彿和一個繞著他不斷高速飛舞的紅色幻影作戰，摸不到、打不著，卻又明明存在，偶爾還會被刺上兩下，氣得刑天忍不住哇哇大叫，斧盾亂揮，激得周圍飛沙走石，狂風亂捲。

沈洛年不怕妖炁，但周圍颳起強風，對輕飄飄的他不免有干擾，只好把圈子放大了些，一面繼續高速盤旋一面找機會，但想再多戳兩下，可就不大容易了。

吳配睿這時已經逃出老遠，繞一個大圈子，和白宗等人在北面百餘公尺外會合，眾人眼看著刑天彷彿瘋了一般胡亂揮動武器、旋轉身體，而在他身旁，那帶著一道金光，彷彿幻影一般的紅色身影，是那人嗎？不是吧？那人有這麼快嗎？快到無法看清？

其實沈洛年的速度縱然快，也不至於比侯添良、張志文快，甚至還不如刑天，重點是無論是人是妖、無論用眼睛還是靠感應，都會慣性地自動判斷、追蹤物體移動軌跡，才能持續觀察對方的行動，當無預警的轉折速度過快，無法藉移動軌跡判斷的時候，無論是眼睛還是大腦，都追不上這樣的改變，也就看不清對方的動作了，反而有點像許多淡淡的幻影，同時在不同地方出現，而這樣的戰鬥技術，也只有在彷彿沒有質量的沈洛年身上才能展現，刑天當然不知道該怎麼應付。

眾人和吳配睿會合之後，愣愣地站在遠處，根本不敢靠近，只看著刑天以誇張的高速，胡亂揮動著巨大的斧、盾，那周圍瀰漫激散的強烈妖炁，更是讓人凜然生懼……而能無懼妖炁、在那種距離內和刑天對戰的紅影，爲什麼竟然沒有炁息？

大夥兒看了幾秒，每個人腦袋裡面都是問號，驚魂未定的吳配睿，首先遲疑地說：「那是……洛年嗎？」

「……不會吧？」瑪蓮愕然說。

「沒炁息耶，是他吧？」賴一心說。

「這……可能嗎？」葉瑋珊遲疑地問。

「是他。」奇雅突然說：「很像是凱布利的妖炁。」

葉瑋珊一怔，果然感覺到在刑天強烈狂猛的妖炁之中，偶爾會冒出一絲淡淡的微弱妖炁流轉，若不仔細觀察，很難察覺。

「不管是不是，先往東逃。」受了傷的黃宗儒，掙扎著開口說：「我們幫不上忙。」

這話提醒了眾人，若刑天突然又衝了過來，大夥兒可會有點麻煩，但若那眞是沈洛年，就這麼扔下他不管嗎？眾人面面相覷時，賴一心揚槍說：「你們快退，我去幫忙，我和洛年聯手，有機會打贏的。」

「我也留下！」侯添良喊：「那傢伙打不到我。」

「呃？」張志文一呆，這樣自己是不是也該留下？他尷尬地說：「那我也……」

「你們倆根本靠不上去，留個屁！」瑪蓮罵：「我留下好了，還可以砍上兩刀，瑋珊、奇雅帶無敵大先退。」

「都別留。」葉瑋珊一抓賴一心的手說：「撤退！我們撤了洛年自然會撤，你留下他反而走不了，我們和這妖怪又沒仇，不需要在這兒拚命，打贏幹嘛？」

「洛年眞會撤嗎？」賴一心怔忡地問。

「當然！」葉瑋珊頓足焦急地說：「他又不像你這麼喜歡打架，快，別害了他。」

賴一心一怔，看了葉瑋珊一眼才點頭說：「好吧。」

當下眾人往東急奔，向著高原區移動，和已經撤退到兩公里外一處山頭的引仙部隊會合。

戰鬥中的沈洛年，自然聽不到這兒的對話，但他確實期待眾人撤退，這巨型刑天的戰鬥力實在太過驚人，就算打不到自己，但自己拿著這把小匕首，除了在對方小腿上戳幾個小口子之外，也沒法當眞傷了對方，這麼纏戰下去，不耐久戰的自己恐怕腦袋會先受不了，萬一不小心挨了一下，未必會有上次的好運氣，有懷眞來救命。

而且懷眞這時還沒出現，看來已經離開了，當自己受傷使她產生感應時，恐怕也來不及趕來，只會把她一起害死，想到這兒，沈洛年更是小心謹愼，不敢貿然接近。

直到眾人開始撤退，沈洛年終於稍微安心，等他們走遠，就輪自己開溜，只要記得別跑直線，就不會像上次一樣挨斧頭。

他如意算盤打到一半，卻突然覺得有些古怪，刑天似乎正在變形，那巨大的身軀正緩緩縮小，同時動作也越來越快，而對方的斧盾上泛出的妖炁雖然無效，但隨著速度漸快，巨斧高速揮動下逼出的銳利風勁，卻也不易抵擋，當下沈洛年被逼得越繞越大圈，閃避越來越吃力。

沈洛年暗暗心驚，想到懷眞曾提過，強大的妖怪會針對敵人而改變體型，懷眞過去多以巨型模樣應敵，是因爲敵人如果太弱，這樣比較省力，換個角度說，若是遇到速度快又強大的敵手時，藉著體積變小提高速度應戰恐怕是一種常態。

媽的，這傢伙還能變更強嗎？現在已經打不過了……沈洛年眼看自己被逼得越來越遠，相對的，對方攻勢也越來越凌厲，既然白宗等人已經遠去，沈洛年不再戀戰，倏然轉身往東，一面改換著方位一面急速奔逃。

沈洛年一逃，刑天自然狂追，兩方這麼一追一逃了數百公尺，刑天發現這紅袍人移動速度雖不比自己快，但左扭右閃到處換位，就是打不到他，而隨著道息漸弱，對方速度卻似乎完全沒有改變，本來不斷縮短的距離，正被逐漸拉開，再追下去說不定反而吃虧……刑天想想不對，終於停下了腳步，轉頭往回奔。

沈洛年發現對方不追，終於鬆了一口氣，若這場戰役在道息濃重些的地方打，說不定自己早已經被砍死了，那兩個傢伙到底是怎麼招惹到這怪物的？沈洛年瞪了遠遠山頭上的眾人一眼，想了片刻，他輕嘆一口氣，轉過方向，往港口那兒飛掠離開。

□

別說沈洛年心中暗罵，那端眾人眼見戰局結束，也同時放鬆下來，瑪蓮一轉身，舉起套著鞘的厚背刀，用側面敲打著張志文和侯添良腦袋，一面罵：「你們兩個渾蛋搞屁啊！差點把大家都害死！」

「對啊！嚇死我了！還害宗儒也受傷了！還有我的頭髮！你們怎麼賠？」吳配睿剛剛可真是差點沒命，紅著眼睛頓足大罵。

「你們別找來不就沒事了。」抱頭挨揍的張志文嘟囔著說。

「還敢頂嘴！」瑪蓮又是一刀背，打得張志文縮起脖子叫苦。

「志文、添良。」葉瑋珊沉著臉說：「我們會擔心你們啊，難道你們覺得，大家不會在乎你們兩個出事？」

張志文無言以對，只好推了侯添良一把說：「都是阿猴不肯去報訊！」

「臭蚊子你怎麼不去。」侯添良回推了一把。

「各打五十大板！」瑪蓮繼續敲，一面罵：「連猜拳決定都不會嗎？想逞英雄！阿姊揍死你們兩個！」

兩人只好認分，苦著臉挨揍。

「洛年怎不過來？」賴一心突然詫異地說。

瑪蓮、吳配睿一怔，跟著轉頭，果然看到那道紅影直往東北方奔去，很快就隱入了山林之間，似乎並不打算來這兒和眾人會合。

「洛年生氣了嗎？」吳配睿遲疑地說。

「都是你們兩個！看，氣跑洛年了！」瑪蓮又忍不住回頭扁人。

兩人又挨了好幾下，張志文抱著頭不敢吭聲，侯添良卻忍不住抗議說：「阿姊，洛年本來就很久沒找我們了。」

瑪蓮一怔停下手，抓抓頭說：「洛年在搞什麼啊？誰得罪他了嗎？」

「也沒看到懷眞姊。」奇雅低聲說：「這可怪了。」

確實很奇怪，眾人都感覺得出來，懷眞十分保護沈洛年，如果也在附近，怎麼可能讓他自己一個人和刑天周旋？

吳配睿突然一驚說：「他們吵架分開了嗎？」

「姊弟有什麼好吵架分開？」侯添良皺眉說。

但他這一說，卻發現每個人都望著他，過了片刻，瑪蓮搖搖頭說：「這阿猴好像比我還笨。」

「啊？」侯添良望向張志文，愣愣地問：「什麼意思？」

張志文乾笑一聲說：「他們兩個……好像……不大像姊弟。」

侯添良一愣，看著眾人表情，這才發現似乎每個人都知道這件事情，他詫異地說：「怎麼沒人跟我說？」

「我是猜的……你看過姊弟戴對戒嗎？」張志文疑惑地看著眾人說：「不過怎麼大家好像都知道？你們確定嗎？」

「我也是猜的。」吳配睿忙說：「懷眞姊跟洛年說話總是笑咪咪的又愛撒嬌，姊弟哪會這樣？可是無敵大都叫我不要提。」

黃宗儒休養片刻，已經迫出了侵體妖炁，他搖頭說：「我想這是人家私事，不該干涉。」

其實除了葉瑋珊、奇雅、賴一心看過兩人的親暱動作之外，其他人大多都是猜測，但這件事情畢竟有點怪異，加上是別人的私事，眾人也不好討論，當初黃宗儒就爲此事才和吳配睿起了爭執。

本來瑪蓮也不清楚此事，但前陣子在船上閒著沒事，她扯著奇雅詢問對洛年的感覺，奇雅不慎露出口風，才讓她知道此事，還讓她大吃一驚。

葉瑋珊此時不免替沈洛年擔心，她望著港口那方位，幽幽地說：「他們確實不是姊弟。」

「瑋……宗長知道喔？」瑪蓮一怔。

「嗯，很早就知道了。」葉瑋珊說：「但他們不想說，我也就不提。」

「他們兩個鬧分手嗎？難怪洛年傷心得不來找我們。」瑪蓮拍手說：「他應該也在港口，我們去找他，阿姊來安慰他一下！」

「阿姊妳要怎麼安慰啊？」張志文忍不住說。

瑪蓮瞪了張志文一眼說：「要你管？」

「我也被妳打得很傷心難過耶。」張志文苦著臉說：「都不安慰一下。」

「去你的，你是活該！」瑪蓮笑說：「輪不到你囉唆，阿猴倒要小心點。」

「啥？」侯添良愕然問。

「奇雅說過不討厭洛年耶，洛年似乎對奇雅也有好感。」瑪蓮抱著奇雅肩膀笑說：「現在可以趁虛而入了。」

「又亂講。」奇雅沒好氣地說。

「啊？」侯添良哇哇叫說：「阿姊妳怎麼開始支持洛年了？」

「靠，被他救這麼多次，以身相許也不吃虧了，洛年剛剛單挑那隻刑天耶！這種男人去哪兒找？」瑪蓮手托著臉頰，很不專業地假作嬌羞說：「可惜洛年對阿姊沒興趣。」

張志文和侯添良正一臉苦相的時候，奇雅卻沉下臉說：「妳就是愛說這種胡話，這兩個今天才幹這種逞英雄的蠢事。」

「呃……」瑪蓮一怔，瞄了張志文一眼，想想放下手，沒勁地說：「好啦、好啦、好啦，以後不說了！」

「沒關係，我也要變強。」張志文聽到這話反而提起勁，轉頭說：「一心，我要開始特訓！」

「每次都第一個叫累還好意思說？」瑪蓮哼聲說。

「以後不會了！」張志文故意板起臉，一臉認眞地說：「爲了阿姊，我會變強的。」

「我爲了……咳……我也會變強！」侯添良偷瞄了奇雅一眼，跟著說。

「好！大家一起加油苦練。」賴一心熱血不落人後，跟著嚷。

張志文目光一轉，望著低著頭的黃宗儒說：「無敵大怎麼了？一起加油啊！你平常最努力了，今天是意外啦。」

「對啊，別難過，不過倒坦而已，又沒滅團。」侯添良跟著乾笑安慰說：「今天的妖怪太強……拍謝啦，我和蚊子引錯怪了。」

黃宗儒苦笑了笑，搖了搖頭才說：「練習是好事……但在炁牆防守上，靠練習能增益的部分不多，現在妖質已越來越難吸收，這樣下去沒法進步……宗長，讓我試試煉鱗引仙吧。」

這念頭幾乎每個人都想過，但因為福禍難測，葉瑋珊和賴一心商量許久，一直不敢讓人測試，這方面的事，葉瑋珊和賴一心基本上都會把相關的討論和思路對眾人說明清楚，也很少有人提出不同的看法，此時黃宗儒一開口，眾人都愣住了，大家你望望我，我望望你，誰也說不出話來。

「宗儒。」葉瑋珊遲疑了一下說：「風險太大了，今日這特大號的刑天……算是特例吧？以後別跑太遠，該不會遇上的。」

「萬一以後港口那兒的道息濃度，變得和這兒差不多呢？」黃宗儒說：「到時才引仙，恐怕來不及了。」

「我明白你說的，但萬一失敗呢？」葉瑋珊說。

「這牽涉的是所有人類的未來，總要有人自願試驗。」黃宗儒苦笑說：「如果宗長願意另外找自願者，我當然可以等結果。」

「那當然找別人啦！」瑪蓮對自己人和外人的態度大不相同，忙說：「那個誰……李翰不是想要嗎？讓他先試試。」

「瑪蓮！」葉瑋珊輕頓足說：「不能這樣的。」

黃宗儒看來並未死心，只是似乎不想在眾人面前和葉瑋珊爭執，所以暫時也不說話了。

「我們去找洛年。」奇雅突然說：「請他找懷眞姊問清楚，這樣比較安全。」

「萬一……」葉瑋珊有點爲難地說：「他倆眞的吵架了呢？說不定洛年找不到懷眞姊。」

眼見葉瑋珊還在遲疑，賴一心笑說：「就算不爲了找懷眞姊，我們也該找洛年道謝啊。」

葉瑋珊一呆，這才發現，當猜測沈洛年可能和懷眞分手之後，自己竟有點不敢去見他……自己是怎麼了？葉瑋珊搖搖頭甩掉胡思亂想，開口說：「對，我們回去找洛年。」

□

剛剛那一戰敵人實在恐怖，隨便被揮到一下就得斃命，所以沈洛年戰鬥時一點都不敢保留，能力全開，相對的，戰鬥一結束，腦袋馬上感覺到一陣劇痛，總算時間不太久，還在可忍受的範圍內。

遠離了賴一心等人後，沈洛年在妖藤區外躺下閉眼休息了一陣子，直到自己的頭疼消失，這才脫下血飲袍，飄身過河。

回到了離開的地方，他卻沒看到被自己扔下的獨輪車，沈洛年想了想，也不管這麼多，回頭往南走，繼續搬妖藤。

沈洛年離開時間不長，加上沒什麼人認得他，也沒人注意到他離開過，隨著隊伍又運了幾趟，直到有人呼喊著夠了，沈洛年和眾人這才收拾工具，繞過港口南側的山腳入口，往新建立的家園返回。

雖然說是家園，不過別說四面圍牆，大部分連屋頂都還沒蓋起來，許多人只不過簡單地架起四角的柱子，上方釘上幾排妖藤片，勉強可以擋個雨就算數，至於四面牆壁，有的人會掛上幾片布簾，比如隔壁有女眷的鄒家就是如此，但更多的就這麼空蕩蕩地任人參觀。

經過剛剛的操勞，還有體力的人不多，大家都在休息。沈洛年剛剛累的只有腦袋，體力反而充沛得很，於是也不休息，就這麼拿著乾燥壓平的妖藤片，慢慢地把屋頂鋪了起來。

這種木工活計，沈洛年當然一點技術都沒有，但胡搞瞎搞後，勉勉強強也像個樣子，畢竟在高原上已經蓋過一次，總有一點經驗。

當整個屋頂斜篷，一片疊一片地搭妥之後，沈洛年翻身躺在屋頂上，遙望著自己過去一個月居住的那個斷崖，想著和懷真相處的點滴，不禁嘆了一口氣。

「沈小弟？」下面傳來隔壁鄒彩緞的聲音。

沈洛年往下探頭說：「鄒姊？」

「你背包忘了拿。」鄒彩緞提著沈洛年交給鄒大嫂保管的斜背包說。

這爽朗大姊的神色，怎麼多了股好奇、猜疑和同情？沈洛年倒沒想到自己的行跡被人看見，只說：「扔裡面吧，只是些褲子。」

「再過不久，過去的褲子說不定也會變得很珍貴。」鄒彩緞放下背包，仰頭說：「可以談一下嗎？」

沈洛年落下地面說：「什麼事？」

鄒彩緞壓低聲音說：「你是道武門……何宗的嗎？」

呃？沈洛年呆了呆說：「什……什麼？」

「別緊張，我沒跟別人說。」鄒彩緞說。

沈洛年頓了頓才說：「我不是。」

「我看到你飛過河，不是道武門人的話，難道你是妖怪？」鄒彩緞笑說：「你扔下的獨輪車，是我推走的。」

居然被看到了……？這該怎麼解釋？沈洛年愣了愣才說：「那……謝謝。」

「你是不是因爲太年輕，所以當初沒跟著何宗的人離開台灣？」鄒彩緞拍了拍沈洛年肩膀說：「你別怕，當初雖然大家被政府洗腦，每個人都罵何宗，但現在很多人都認爲何宗才是對的，人類應該和妖怪合作，根本不該對抗，現在變成這樣，都是其他道武門的錯，尤其是李宗。」

「呃……」

「我當初就這樣覺得了喔。」鄒彩緞得意地說：「不過我爸腦袋還轉不過來，很相信白宗，你是何宗人的事情，不能給他知道。」

沈洛年不知該怎麼回答，索性不說話，不過他倒是突然想起，當初自己回台灣前，何宗人和一群共聯的人都還在歐胡島，卻不知後來怎麼了？

「我們船隊出發前，就聽說有何宗人回去了。」鄒彩緞說：「沒跟你聯絡嗎？」

他們果然也回台灣了？沈洛年搖頭說：「沒有。」

「現在花蓮那邊還太亂，不容易找人。」鄒彩緞說：「據說何宗的人建議大家留在台灣，別搬來這兒，你沒聽說嗎？怎麼也來了？」

是這樣嗎？沈洛年微微一呆，留在台灣豈不是找死？他望著鄒彩緞說：「那妳呢？怎麼來了？」

「我爸媽要來啊。」鄒彩緞皺眉說：「我也沒辦法。」

「嗯……」沈洛年頓了頓說：「我覺得這邊比較安全。」

鄒彩緞見眼前的「何宗人」說法不同，似乎有點困惑，歪著頭想了想說：「難道傳聞是假的？」

「妳聽到的，是怎麼說？」沈洛年問。

「聽說道息少的地方，雖然妖怪少，但是不久之後，對人類十分不友善的某些妖怪，就會和人類起衝突……」鄒彩緞想了想接著說：「好像是……因爲那種妖怪也比較習慣待在道息少的地方，所以從古時候，他們就一直把人類當敵人，常和人類戰鬥。」

是說鑿齒嗎？確實鑿齒雖然不能沒有道息，卻常常盤據著道息少的地方……沈洛年思考了一下說：「那留在台灣，萬一出現其他強大妖怪呢？」

「聽說一開始，會有些比較笨的妖怪出現，比如狗妖就是，但只要應付過去，一段時間之後，該會有強大而友善的妖仙、妖神出現，只要和對方結交，自然會協助保護人類，其他妖怪也會不敢侵犯，就不用這麼辛苦搬來搬去。」

比如牛首妖那種嗎？還是龍族？如果眞會這樣，懷眞爲什麼沒說？而且上次她似乎提到敖家也搬來噩盡島了，還是有其他的妖仙？

「既然你都不知道，大概只是傳說……」鄒彩緞皺皺眉說：「我問你啊，那些什麼引仙部隊，根本都是把人變妖怪吧？」

「我也不清楚那辦法。」沈洛年說。

「果然有問題。」鄒彩緞說：「白宗自己不變形，卻把別人給變形，怎麼看都不對勁。」

「那些引仙部隊會變形？」沈洛年倒不知道此事，剛剛遠遠地看，也沒看清楚。

「你都沒看過嗎？」鄒彩緞說：「一種像野獸、一種像蛇，很噁心，還說叫引仙部隊……有人說那其實叫作『入妖』，根本就是變妖怪。」

這大姊人感覺不錯，爲什麼對白宗似乎挺仇視的？不過沈洛年沒興趣了解鄒彩緞，也懶得幫白宗解釋，點點頭說：「不喜歡就別變吧。」

「還不是想變就能變呢。」鄒彩緞說：「誰有資格、誰沒資格也不說，也不知道他們怎麼選的！」

「阿緞？」鄒朝來突然掀開布簾走出來左右看，發現兩人正在對話，微微一怔說：「沒事吧？」

「沒事啊，我和沈小弟聊兩句。」鄒彩緞轉頭扠腰說：「幹嘛？」

「看妳出去久了，妳媽不大放心。」鄒朝來說：「沒事就好，明天還要去看田地，聊完早點回來睡覺。」

「知道了。」鄒彩緞皺眉說。

鄒朝來和沈洛年點點頭，正要縮回布簾內，突然目光一轉，詫異地說：「哇，小弟，你屋頂蓋好了啊？這麼勤快？」

沈洛年點點頭，想想又說：「這兒常下大雨，最好是早點蓋好屋頂。」

「嗄？怎麼沒人跟我們說！」鄒朝來吃了一驚，仰頭一望又說：「咦，那塊突起來是幹嘛的？」

「煙囪。」沈洛年說：「點燈、煮東西都要點火，就會冒煙……」

「啊！還是你想得周到！」鄒朝來佩服地說：「我也要留個洞……阿緞快回來幫忙，東西淋濕就麻煩了。」

「好啦，馬上，爸你先回去！」鄒彩緞對著她爸揮手，等鄒朝來退回屋中，她才低聲對沈洛年說：「這趟先來的人，大部分都是不喜歡何宗、相信白宗的，你的身分還好是被我發現，以後要小心點……我改天再找你聊。」

「呃……喔。」沈洛年愣著點了點頭，鄒彩緞這才露出笑容，拍拍沈洛年肩膀，轉身回屋去了。

沈洛年轉回屋內，開始架設周圍的牆壁，一面想著剛剛鄒彩緞的言語，「入妖」這名詞以前好像聽誰說過，但想不起來了……葉瑋珊他們知道有人這麼不喜歡他們嗎？說也奇怪，他們現在又在幹嘛？

沈洛年早已注意到，白宗等人返回之後沒多久，就不知爲何四散開來，在港口和各個山村間轉來飄去……莫非在找自己？沈洛年微微一驚，自己怎沒早想到這一點，剛剛穿著這身衣服大剌剌地跑出去打架，一定被認出來了，還好他們沒找到這兒來……

不過話說回來，有這麼好找嗎？不說山上、山下原有的三、四萬人，單單這個臨時村落，就有兩萬人左右，除非把大家叫出來排隊，怎麼找起？就算眞把大家叫出來排隊，自己躲起來也不難吧？想到這兒，沈洛年安了心，把朝外那面牆壁一層層架好，跟著往地上一倒，拿著背包當枕頭，呼呼大睡。

□

沈洛年想得沒錯，葉瑋珊等人分成四組，帶著一群仙化部隊正在到處找他，但當眞沒這麼好找，加上天色已晚，在這沒有電力的世界中，很多人都恢復了過去日出而作，日入而息的習慣，也不便詢問。

葉瑋珊等人沒辦法，眾人討論之後，終於決定請周光、劉巧雯派人協助。

周、劉兩人知道沈洛年可能早就來到噩盡島，當然也是大吃一驚，眾人雖然各自有不同的盤算，但誰都想找出沈洛年，於是各村鎮都派了人傳話下去，要找個身穿紅袍的東方少年，就連這個暫稱「第一新村」的新聚落，也派了人上來找尋。

但沈洛年既然眞心想躲，自然誰也沒辦法找到他，他連著兩天和鄒家人上山，赤著上身、頭上戴了個用妖藤片編成的斗笠，拿著鋤頭翻土整地，就算葉瑋珊等人走到近處，也看不出他是誰。

鄒家人當然也聽到了這個消息，但他們只知道要找人，也不知道找來幹嘛，每次鄒朝來和人聊起此事，鄒彩緞不免對沈洛年偷打眼色，暗暗得意。

不過爲什麼要大張旗鼓找個何宗人，鄒彩緞卻也不明白，她私下問過沈洛年，沈洛年卻懶得多找理由，只想著辦法把她支開，鄒彩緞以爲他有難言之隱，也就不多追問。

但兩人眉來眼去的次數一多，父親鄒朝來看在眼裡不免渾身不對勁，所以到了第三天下午休息時，他突然話多起來，開始關心起沈洛年的家世背景。

沈洛年本是問三句答不到一句的個性，自然讓鄒朝來頗感不滿，但礙於女兒的面子上，又不便發火，卻不免有點發悶。

沈洛年卻有點厭煩了，這對父女兩個都誤會了不同的事情，每天找自己囉唆，這田不種也罷……反正這地也整得差不多了，聽說這兩天正有人討論開挖村中引水渠道的事情，想匯集自願者，並由村中各戶準備食物供應，索性明天就去報名，省得和這家人囉唆，至於他們怎麼想，就別理會了。

眼看天色漸晚，太陽已經落到山的後面，鄒朝來正打算喊停，卻見沈洛年突然呆望著南面的一處小山丘，臉上露出驚疑的表情。

鄒朝來微微一愣，他雖對沈洛年有幾分不滿，但畢竟個性敦厚，關心地說：「沈小弟，怎麼了？」

「等等。」沈洛年扔下了工具，過了片刻突然臉色一鬆說：「媽的，不可能，一定是騙人的。」

「啥啊？」鄒朝來詫異地問。

「沒什麼。」沈洛年回頭，擠出微笑說：「什麼事？」

「準備休息了。」鄒朝來說：「我家女人昨晚說，港口那邊有人要拿魚換種子，我們反正用不了這麼多，她說今天要打探一下行情準備跟人換，今晚可能有魚可以吃喔！」

沈洛年的心神卻似乎不在這兒，直到鄒朝來說完，才愣了愣說：「喔，好。」

鄒朝來微微皺了皺眉，搖搖頭說：「你身體不舒服嗎？」沈洛年卻沒回答。

「怎麼了？」鄒彩緞發現這兒有異，走過來問。

「小弟不知怎樣了。」鄒朝來攤手說：「一直恍神，妳問看看。」

「喔？」鄒彩緞轉頭說：「沈小弟……」

這時沈洛年臉上卻是一變，扔下手中的鋤頭說：「我先走一步。」

兩人還沒反應過來，卻見沈洛年突然點地一閃，在兩人眼前消失。

兩父女一呆，同時揉了揉眼睛，依然是什麼都沒看見，他倆在鋤頭摔落地面的同時，抬頭四面張望，這才發現沈洛年不知何時已飄在空中，正往南方不遠處的一座丘狀山頭高速飛射。

「阿娘威，嘿是啥洨？」鄒朝來大吃一驚，爆了一句粗口。

「啊……他在幹嘛？」鄒彩緞嘖了一聲說：「這樣不是大家都看到了？」山下不遠就是「第一新村」，萬一有人抬頭不是完蛋嗎？

「妳知道喔？」鄒朝來瞪眼說：「給恁爸說清楚。」

「哎唷，你別管啦！」鄒彩緞和她爸本就沒大沒小，直接凶回去。

□

且不管這對父女怎麼吵，空中的沈洛年正心驚膽戰地往南方衝，想過去看個清楚。

卻是剛剛他突然感受到南方山頭那兒，有兩股熟悉、像是白宗人的炁息，似乎正在衝突。

而因爲距離不遠，他感應得比較清楚，那兩股炁息感覺上都是爆裂性質，一個外散一個內聚，內聚的當是瑪蓮或吳配睿，外散的必然是葉瑋珊。

今天下午，他們一群人不是駕船出海去了嗎？自己才以爲他們放棄了，去別的島逛，沒多留神，沒想到這兩人突然跑到這山頭……其他人呢？怎會只剩兩人？而這剩下兩人的炁息狀態……又爲什麼一副正在打架的模樣？

媽的，難道這兩個終於開始搶男人了嗎？

這當然不可能啊……沈洛年轉念一想，這八成是拐自己現身的手法，於是他不做理會，和鄒朝來又對答了幾句，但心神不免仍放在那兒觀察。

怎料那方打著打著，那股應該屬於葉瑋珊的炁息，突然在某一次強烈爆擊之後，就這麼消散無蹤，再也感應不到了。

這點距離，不可能感應不到啊，就算拿掉了洛年之鏡也不可能……她……難道葉瑋珊死了？沈洛年大吃一驚，渾身冰冷，這下顧不得身分敗露，他扔下手中鋤頭，往那兒衝了過去。

那兒相隔不過兩、三公里遠，沈洛年就這麼鼓足妖炁、放平身子全速往南飛，不到一分鐘的時間，已經飛到了那山丘上方，遠遠一看，那提刀正往山下飄掠的似是瑪蓮，委頓躺下而無炁息的……不正是葉瑋珊嗎？

怎會如此？沈洛年顧不得找瑪蓮算帳，快速地衝落，一把緊抱起似乎還有氣的葉瑋珊，驚慌地叫：「瑋……瑋珊？瑋珊？」

ISLAND

鳳凰是不是故意裝傻？

沈洛年正慌張時，葉瑋珊臉龐卻突然整片紅了起來，她眼睛睜開，右手抓著沈洛年的手腕，左手收到胸前，輕推了沈洛年胸口一把，低聲說：「快放開我。」

沈洛年一呆，慌張地鬆開手，張大嘴說不出話。

只見葉瑋珊坐起，透紅臉龐、含笑輕嗔說：「你讓我們找得好苦。」

「呃？」沈洛年呆了呆，這時才發現，葉瑋珊的炁息似乎沒有完全消失，只是很淡很淡，自己剛剛一時心慌，竟沒注意到……沈洛年恍然大悟說：「總門那種……排斥道息的衣服？」

「就是這種息壤土壓縮做出來的。」葉瑋珊抿嘴一笑，指指地面。

「果然把你這小子騙出來了吼！」已經轉回來的瑪蓮，在坡道口那端得意地笑，她撮唇作嘯，吹出一聲響亮的口哨之後走近，拿著個縫綴著重物的淡粉色領巾遞過笑說：「宗長，鏡子。」

葉瑋珊左手接過，一面笑說：「瑪蓮幫我抓著洛年，別讓他又跑了。」

「沒問題。」瑪蓮右肩扛著厚背刀，左手把沈洛年脖子一把勾住，嘿嘿笑說：「洛年阿弟欸，咱們好久不見啊……耶，不對喔，前兩天阿姊好像有看到很像你的人喔？」

「呃……」沈洛年苦笑說：「不用抓了，我不跑了。」

「我才不信。」瑪蓮笑說：「今天來不及找手銬，不然就把你跟阿姊銬一起。」

沈洛年當眞要跑，自然可以放出道息化去對方炁息，然後憑蠻力開溜，但都已經到了這種地步，再跑也沒意思了，他只苦笑搖頭說：「不會了啦。」

這邊葉瑋珊正脫掉那排斥道息的外套，再把縫著洛年之鏡的領巾掛入後領中，開始引炁，而在瑪蓮剛剛那聲呼嘯之後，山西面的緩坡下方，白宗其他人的炁息都冒了出來，看來都和葉瑋珊一樣，正在脫衣、掛鏡、引炁。

沈洛年苦笑嘆氣說：「這是誰出的主意？」

「當然是咱們瑋珊宗長的好主意啊，果然拐到你。」瑪蓮笑說：「你剛抱瑋珊抱這麼緊，我要跟一心說。」

聽到這話，沈洛年和葉瑋珊臉上同時一變，葉瑋珊臉上紅潮本就未退，這時更是漲得通紅，沈洛年也忙說：「我只是……以爲她出事了。」

「阿姊知道啦。」瑪蓮本來只是開玩笑，看兩人臉色大變，反而覺得古怪，收起笑容，詫異地看了兩人幾眼。

被這樣的眼神盯著，兩人更是不自在，葉瑋珊低下頭整理著衣裙，沈洛年也別開了目光。

瑪蓮目光轉了轉，又說：「懷眞姊勒？」

沈洛年頓了頓才說：「她……跑掉了。」

「妳們眞的分手了喔？」瑪蓮吃驚地說。

沈洛年微微一愣，看了葉瑋珊一眼，葉瑋珊對這件事情也很在意，忘記了剛剛的羞意，微微點頭說：「大家都猜到……你們不是姊弟了。」

想到這件事，沈洛年倒也有點啼笑皆非，雖然不是姊弟，其實也稱不上情侶啊……不過這時辯解這些也沒意思，沈洛年聳聳肩說：「總之她已離開了。」

「在這島上嗎？」葉瑋珊見沈洛年搖頭，跟著又問：「知道她去哪兒了嗎？」

「不知道。」沈洛年不是很想提起此事，皺眉搖頭說：「她沒說。」

分得這麼徹底啊？這一瞬間，兩女不免同情起沈洛年，瑪蓮放開沈洛年的脖子，伸手拍了拍他肩膀表示安慰，葉瑋珊卻遲疑地說：「爲什麼會分開？」

「別問了。」沈洛年說：「好啦，你們把我抓出來想幹嘛？給懷眞知道我和你們混在一起，她又會生氣了。」

「啊？」瑪蓮詫異地說：「懷眞姊討厭我們嗎？」

沈洛年看葉瑋珊突然神情大變，透出的氣息不只難過，還帶著滿懷歉意，不禁有點詫異地說：「不是啦……妳幹嘛？」

葉瑋珊本就很容易把事情怪罪到自己身上，何況她和沈洛年又當眞有點不該有的情愫和行爲，心虛之餘，聽到沈洛年這句不免誤會，但瑪蓮在旁她又不好說，除了搖頭之外，也不知該怎麼辦才好。

沈洛年倒沒想到那麼遠去，看葉瑋珊神情不對勁，只好解釋說：「懷眞認爲和你們一起太危險了啦，要我閃遠點……要是運氣差一點，都不知道死幾次了。」

「這個……」瑪蓮尷尬地說：「前天晚上是意外，都是蚊子和阿猴不好，我已經揍過他們了，等等叫他們給你賠罪。」

「對了！」上次懶得見面，沒法罵人，這時沈洛年可忍不住抱怨說：「明明知道西邊有危險，你們幹嘛跑去逛街？又是因爲一心那個熱血傢伙想冒險嗎？你們幹嘛老是聽他的？媽的，我等會兒罵他一頓！」

「洛年……」葉瑋珊尷尬地說：「是我讓大家去的。」

「呃？」沈洛年一愣說：「妳讓大家去幹嘛？」

「想知道安全區的範圍，還有妖怪大概的分布啊。」葉瑋珊低頭說：「要罵罵我吧。」

「妳……算了。」沈洛年對著楚楚可憐的葉瑋珊自然罵不出口，轉過頭不吭聲了。

這兩人似乎眞有古怪，瑪蓮越看越不對勁，但又不知道怎麼問才不會打草驚蛇，正摩拳擦掌的時候，剛引了一部分炁的眾人，已經忍不住急著往上跑，正大呼小叫地奔來。

「呀！」吳配睿剛上來，遠遠就叫：「洛年怎麼不穿衣服？」

「小孩子大驚小怪。」瑪蓮好笑地搖搖頭，跟著一轉目光望著張、侯兩人說：「兩個笨蛋，來跟洛年道歉！」

張、侯兩人尷尬地走近，還沒開口，沈洛年已經苦笑搖手說：「不用啦，都沒事就好。」

「該由我道歉。」葉瑋珊卻突然對沈洛年深深一鞠躬說：「對內，是他們兩人胡來，但是對外，一切都該由宗長負責……洛年對不起，也多虧你臨危幫手，救了小睿和大家……謝謝。」

這話一說，張志文和侯添良更不好意思了，兩人在一旁抓頭，也不知該不該開口。

「好了。」沈洛年白了葉瑋珊一眼說：「道歉有屁用，別搞得大家都尷尬，妳很想把我當外人嗎？」

這人說話還是一樣難聽，不過倒是好久沒聽到了……眾人你看看我、我看看你，也不知道誰先忍不住，終於一起笑了出來，連本有些尷尬的葉瑋珊，頓了頓足之後，也忍不住露出笑容。

眾人笑了片刻，黃宗儒對葉瑋珊低聲說：「那個……懷眞姊的事情……？」

葉瑋珊微微一皺眉，不知這時該不該說，黃宗儒見狀知道不妙，連忙閉嘴，但身旁的吳配睿已經聽見，詫異地低聲說：「眞的那個了嗎？」

「哪個？」侯添良沒聽清楚，轉頭問。

「分開了？」張志文也沒聽清楚，但是卻猜得出問題。

「不用鬼鬼祟祟的！」瑪蓮撇嘴說：「洛年比你們大方多了，他說懷眞姊走了啦。」

眾人一起啊了一聲，沈洛年看在眼裡，發現他們不只有同情自己的氣味，還帶著些失望，他疑惑地說：「你們找懷眞做什麼？」

「是這樣的……」葉瑋珊說：「我們有些關於引仙的事情還不清楚，想問問懷眞姊。」

「什麼事？我幫你們問。」沈洛年說。

「啊？」眾人又是一呆，瑪蓮說：「怎麼問？你不是不知道她去哪兒了嗎？」

「呃……」眞是自找麻煩，沈洛年呆了呆才說：「用……妖怪傳訊。」

「妖怪……也是縛妖派的能力嗎？」葉瑋珊詫異地說。

「差不多啦。」縛妖派這三個字還眞好用，沈洛年胡亂點頭。

「怎麼做啊？」吳配睿好奇地說：「我可以看嗎？」

最好是先問過懷眞，沈洛年搖頭說：「不行，我私下問……瑋珊把問題告訴我。」

「好。」瑋珊高興地說：「居然還有利用妖怪傳訊的方法，眞是太棒了……只有縛妖派能學嗎？你們願意多收點徒弟嗎？要是能和台灣那邊通訊就太好了。」

「這……」沈洛年只好說：「懷眞不想教人。」

葉瑋珊雖失望，卻也不好多問，只好說：「沒關係，我現在跟你說嗎？你打算去哪兒傳訊？」

沈洛年見這四面空蕩蕩的，也沒地方躲起來施法，看來他們是特別選了這種地方準備逮自己，他嘆口氣說：「找個隱蔽地方就可以……我家就在下面，跟我說以後，我去一趟就回來。」

「一起去！」瑪蓮瞪眼說：「不然等會兒又被你溜掉。」

「不會啦。」沈洛年翻白眼說。

「洛年你住哪兒啊？」賴一心笑說：「我們找了兩天，都找不到。」

「洛年好老奸，脫了衣服我們怎麼找？」吳配睿跟著叫：「快穿上那件紅衣服！脫光光好沒禮貌！」

「吵死了！脫光關妳屁事！」沈洛年罵完吳配睿，轉頭對賴一心說：「我和台灣來的那群人住在一起，你們要來就來吧，在門外等我問。」

瑪蓮只怕又給沈洛年溜了，在門外等等有什麼關係？當下說：「走啊！大家一起去。」眾人當下隨著沈洛年，一起往山下奔。

□

不過帶著這群人回那台灣社區，可眞是大大失策，除了鄒彩緞這種想法特殊的少數人，這兒多數台灣人，都十分仰慕危急時趕回來的白宗一行人，此時天色剛黑不久，不少戶人家都正在屋外埋鍋造飯，沈洛年帶著白宗等人回返，眾人馬上被團團包圍，吵鬧不休，還有不少人想趁亂拜師。

而隔壁鄒家父女發現這狀況，兩人自然大吃一驚，鄒朝來是意外的驚喜，鄒彩緞卻是變了臉色，不明白怎會如此，不過沈洛年自然不給他人詢問的機會，扭身就鑽入了屋中，讓白宗等人在門外守門。

媽的，看樣子以後不能住這兒了……沈洛年聽著外面的喧鬧，再看看自己花了兩天才蓋好的屋子，不禁嘆了一口氣……這才凝聚了影蠱的妖炁，依法施咒，喚請輕疾。

很快地，那騎著馬的黃色小泥人輕疾，從土中緩緩浮起，對著沈洛年微微躬身說：「洛年，承蒙召喚，有何吩咐？」

「我想找『仙狐懷眞』。」沈洛年說。

「直接聯絡或送信？」輕疾問。

沈洛年想了想說：「直接聯絡。」

「請稍候。」輕疾過了片刻，突然緩緩變成裸體的懷眞模樣，坐下說：「對方接受聯繫，請說話。」

沈洛年上次雖然聽過說明，但還是第一次用，他遲疑了一下才說：「懷眞？」

「這麼快就想我了啊？」那懷眞小泥人張開口，嘻嘻笑說，而且居然是懷眞的聲音。

比電話還先進呢，上次懷眞說「總機」——輕疾的本體，其實深藏在泥土中，神識遍布全世界，與所有輕疾直接連結，才能這麼方便，卻不知道和那妖怪土壤——「息壤」，有沒有親戚關係？

沈洛年上下看了看懷眞模樣的泥人，皺眉說：「妳又脫光了？」還好沒讓別人一起看。

「這邊沒人類，忘了。」懷眞從旁邊拉過一件外袍，順手披上，一面瞄著沈洛年笑說：「你也沒穿衣服呀，幹嘛把血飲袍綁在手上？」

「這兒安全，這衣服又太顯眼。」不過現在也不用脫了，沈洛年一面穿上血飲袍，一面有點意外，懷眞居然主動穿上衣服，是替自己著想嗎？

「好吧，找我有什麼事？」懷眞裹住身體曲線，抿嘴輕笑說：「才兩天不見而已呢。」

「那個……」沈洛年遲疑了一下才說：「瑋珊他們有事情想問妳。」

懷眞笑容收了起來，瞪著沈洛年說：「你……」

「我是被拐出來的啦！我已經一直躲著了。」沈洛年先下手爲強，搶著說：「別急著罵人。」

「他們又想幹嘛？」懷眞嘟起嘴說。

「他們有些引仙和修煉的問題。」沈洛年當下把葉瑋珊的問題說了一次。

「喔……」懷眞沉吟說：「易質和引仙同時使用啊，也不是不行。」

沈洛年知道懷眞口中的易質，就是吸收妖質變體的意思，於是點頭說：「那我就跟他們說可以囉？」

「別急……既然要說，就說清楚點。」懷眞沉吟說：「不過，他們難道又遇到什麼強大的妖怪了嗎？現在這樣還不夠強嗎？」

前天晚上的事情是萬萬不能說的，沈洛年吞了一口口水說：「不知道。」

「好吧。」懷眞說：「易質和引仙，最大的差異在於……易質是一種一步步接近仙化的做法，引仙卻是先化爲妖，至於能不能修成妖仙，就要看個人的努力，修煉方式也不同。」

沈洛年呆了呆說：「我聽不懂耶，叫瑋珊來聽如何？給他們看到輕疾沒關係吧？」

「看到是無所謂。」懷眞說：「但是這種通話狀態，輕疾只會傳送你的聲音……她聽得到我說話，我又聽不到她說話，怎麼說？」

沈洛年嘆氣說：「好吧，那妳說慢一點，我用力記。」

「妖質是一種純粹的仙質，也就是說，不斷吸收妖質，會讓身體逐漸地仙化，最後整體會成爲妖仙般的存在。」懷眞說：「雖然會越來越難吸，但是隨著運行炁息，逐漸改變體質，又會慢慢可以吸，這種法門的問題反而在於妖質未必容易獲得，不會吸不了……他們是一開始吸就拿著你那鏡子，能力進步太快，身體的仙化速度卻沒跟上，才會突然遇到瓶頸。」

沈洛年說：「那引仙呢？」

「引仙，是種直接妖化的法門。」懷眞說：「藉著融入妖體，使身體妖化，便得使用妖怪的修煉方式，才能進步，藉著在體內運行妖炁，聚引道息浸體，使妖體逐漸精粹，最後也有機會成爲妖仙，這兩種法門，可以說殊途同歸，只是方式不同。」

「既然只是妖化，幹嘛取這麼好聽的名稱？」沈洛年哼聲說：「人家說的……對了，『入妖』比較類似吧？」

「反正只是一個名詞。」懷眞聳肩說：「這兩者相比的話，一般來說，一開始就全身妖化的引仙，強化的速度會比一點一點轉變的易質快，但如果有足夠的大量妖質，久而久之，易質可能還是會先一步仙化，畢竟少了很多精粹上需要突破的關卡。」

「引仙有比較強嗎？」沈洛年詫異地說：「我有看到一些，不覺得強。」

「你不能拿來和瑋珊他們比啊，他們有寶物加持……而且我教瑋珊的方法只是暫時引仙法，自然比較弱。」懷眞頓了頓說：「你順便告訴瑋珊，既然自己要用，得用更多妖質和時間，直到把假妖煉成眞妖，才是永久引仙法，否則幾年後妖炁散去，修行就作廢了。」

「她知道什麼是假妖、什麼是眞妖嗎？」沈洛年皺眉說：「我可不懂。」

「瑋珊聽我解釋過，不過我當時沒告訴她可以使用眞妖，只叫她小心別煉成眞妖，那種若跑出去會有麻煩……」懷眞頓了頓說：「引仙後，雖然會一下子提升不少，可是身體既然妖化，就不能繼續吸收妖質了喔，只能用妖怪的修煉法，最後成爲妖仙的速度未必比較快……但如果考慮人類壽命有限，很難說哪個好……總而言之，想突然大幅提升的話，確實可以考慮使用永久引仙之法。」

沈洛年想了片刻，也不知道自己算不算懂了，不過也無所謂，若解釋不清楚，大不了重問，反正有輕疾在，隨時可以找懷眞……沈洛年當即說：「聽起來人類倒不錯，多一種方法修煉？」

「因爲人類是唯一一種具有高靈智的非妖啊。」懷眞說：「你們本來就是特殊的存在……所以人界、仙界分開後，這世界才會只剩下人類有高等靈智。」

「可是我兩種都不能用。」沈洛年微皺眉說。

「你已經被鳳凰換靈了啊！」懷眞笑罵：「雖然沒有妖炁，但身體大概都快妖仙化了。」

「那又沒用。」沈洛年沒好氣地說：「打起架來只能逃命般到處繞，力氣也不大，打完還會頭痛。」

「這又不能怪我……」懷眞托著下巴說：「我有時候懷疑……鳳凰是不是故意裝傻？所以才幫你換靈，不幫我換靈，只要等你壽命結束，又能回到原來的模樣。」

「嗄？」沈洛年一愣。

「否則我們那時雖然站很近，我妖炁也很微弱，她會搞錯還是很奇怪。」懷眞咬唇說：「那個老奸巨猾的傢伙，當初答應就不是很有誠意了，讓個普通人類承受換靈，換靈的好處等於消失了。」

「原來如此！找她把這能力收回去給妳！」沈洛年生氣說：「這樣一來，我沒了道息，那咒誓就可以解了吧？」

「是沒錯……」懷眞白了沈洛年一眼說：「但鳳凰哪有這麼好找？這麼好找的話，我就不用在那兒等三千年了。」

「唔……」沈洛年嘆口氣說：「算了，大家小心點活吧，哪天害死妳別怨我就好。」

「欸！」懷貞瞪眼說：「不准死！」

「好啦，沒什麼問題了。」沈洛年上下看看懷貞，嘆口氣說：「妳一切都好吧？」

「嗯……」懷貞也望著沈洛年，停了幾秒說：「你呢？要跟著他們嗎？」

「算了吧，妳又會生氣。」沈洛年說：「他們在我眼前出事的話，我確實會忍不住幫忙，但拒絕和他們走，我辦得到啦，妳放心。」

懷貞遲疑了一下才說：「你這樣想是很好……但是……」

「又幹嘛？」沈洛年說。

「我改變主意了，你和他們在一起吧。」懷貞說：「單純台灣和噩盡島來回，危險性應該不算太大才對。」

是嗎？這些傢伙昨天才差點滅團……沈洛年不好說實話，只說：「幹嘛改變主意？」

「你喜歡瑋珊不是嗎？」懷貞低聲說。

「啊？」沈洛年聽到這就不高興，板起臉說：「這是什麼意思？」

「若是你和瑋珊在一起，不再對我動情……」懷貞看著沈洛年，咬著唇說：「也許我又可以保護你一陣子。」

「我才不搶別人的女人！」沈洛年突然想起剛剛抱著葉瑋珊的事，不禁生氣地說：「女人這麼多，隨便找也有，幹嘛一定要找她？」

「好啊！」懷眞不知爲何也生氣了，怒沖沖地說：「那你去找啊，找到了記得讓我恭喜你！」

「就算找到了，誰規定我只會對一個女人動情？」沈洛年哼聲說：「不能多找幾個嗎？」

懷眞一窒，生氣地說：「你們這種終年發情、到處留種的生物眞討厭！低級！齷齪！」

「媽啦，妳們狐狸妖怪這麼高尚、不會發情，那怕我幹嘛？」沈洛年罵。

「你……可惡！」懷眞氣得一拍地面叫：「輕疾，我不跟這壞蛋說話了！」

話聲一落，輕疾緩緩變形，又變成原來的黃色泥人，似乎和那端已經失去了聯繫。

媽啦，明明她罵的比較難聽，居然搶先翻臉？沈洛年一肚子火正不知該往哪兒發，過了片刻，輕疾突然開口說：「仙狐懷眞留訊。」

沈洛年呆了半晌，這才對輕疾說：「請說。」

輕疾說：「仙狐懷眞說，她不生你的氣，但要你盡量別找她了，也希望你快些找到配偶。」

配偶？配你媽的頭啦！不找就不找，臭美！沈洛年暗罵了好幾句，這才發現輕疾還在那兒發呆，這才忍住氣說：「幫我傳訊給她。」

「請說。」輕疾說。

「就說……」沈洛年想了半天，卻想不出該說什麼，最後終於搖頭說：「算了，不用傳了。」跟著收術讓輕疾消失，融回土地中。

收了輕疾，沈洛年聽著外面的喧鬧聲，越聽越煩，他走過去打開門，卻見外面居然比剛剛還熱鬧，不只一堆人圍著白宗等人，連劉巧雯、周光都來了，還有不少似乎見過的道武門變體部隊，另外一邊還有些帶著妖炁的引仙部隊，到處都鬧哄哄的。

而看到門一開，穿著紅袍的沈洛年站在門口，眾人注意力都集中過來，葉瑋珊等人連忙甩開糾纏他們的民眾往這兒走，劉巧雯、周光當然也不落人後，跟著湊近，連鄒家父女都在往這擠，另外還有不少跟著擠的陌生人，也不知道是不是湊熱鬧的。

沈洛年火氣本就未消，見狀砰地一下，把門又關了起來。

眾人一愣，面面相覷片刻，目光都轉到了葉瑋珊身上，葉瑋珊見大家都看著自己，這才苦著臉輕敲了敲門說：「洛年？……洛年？」

過了幾秒，沈洛年又把門打開了，卻見他揹著個大大的斜背包，臭著臉說：「你們跟我來。」接著他飄身而起，落到對面屋頂，只見紅影一閃，他已經向著東方縱躍而去。

白宗眾人一愣，連忙跟著跑，只見沈洛年越跑越快，大夥兒連忙死追，要知道沈洛年真跑起來，速度只略遜於張、侯兩人，白宗大多人都追不上，何況其他人？卻見沈洛年就這麼一路飛衝，往高原上方奔，直到了一片突然拔起的懸崖峭壁下，這才停步轉身。

首先追到的當然是張、侯兩人，兩人早已受命，絕不能讓沈洛年又跑了，好不容易追上，兩人詫異地說：「洛年？」

「那兒不能住了。」沈洛年說：「我前陣子住在上面，搬回來好了。」

葉瑋珊、奇雅兩人飛騰而行，前腳後腳地追上，剛好聽到最後一句話，葉瑋珊這才嗔說：「你這人……也說一聲再跑啊。」

「反正你們追得上。」沈洛年望著山下說：「那些湊熱鬧的就不行了。」

很快地，瑪蓮、吳配睿也衝了上來，接著是賴一心，最後一個才是黃宗儒，但就算是跑最慢的黃宗儒，也比其他人快上不少，果然把其他人都甩掉了。

「瑋珊、奇雅……麻煩妳們倆帶大家上來，那兒沒路可以走。」沈洛年說完，向著斷崖上方飄了上去。

片刻後，眾人走入沈洛年和懷眞住了一個月的房舍，繞著一個沈洛年點起的小火堆圍坐，這兒當然比山下那房子齊全，不只窗門皆備，床上還有被褥枕頭，而照慣例，裡面到處都是懷眞離開前亂扔的衣服，沈洛年只好一面罵，一面把那些衣服扔到旁邊的箱櫃中。

眾人坐下的同時，沈洛年正一面收拾，他看著那些東西，想起和懷眞這一個月的生活，不禁有點氣悶……這段時間，兩人加上偶爾來這兒胡鬧的三小，本來一直十分開心，若不是自己突然對她動了情……媽的，妖怪眞是莫名其妙，居然不分種族都可以亂來！萬一生出後代不知是啥怪物……

看沈洛年表情變化不定，葉瑋珊擔心地開口說：「沒事吧？洛年？」

「沒事。」沈洛年回過神，走回眾人身旁坐下說：「這兒安靜多了吧？」

「會飛的才能來這兒，當然安靜啦。」瑪蓮有點羨慕地說：「懷眞姊衣服這麼多喔？都是哪兒找的？有多的熱褲嗎？」

「她不穿那種衣服。」沈洛年說：「短裙倒有幾條。」

「嘖嘖。」瑪蓮吐吐舌頭說：「阿姊可不敢穿那種打架。」

「你和懷眞姊談得如何？」葉瑋珊微笑問，自從知道沈洛年隨時可以和懷眞聯絡，她又覺得沒這麼不安了，兩人分手的事情，說不定是眾人誤會了。

沒想到沈洛年卻自嘲地笑了笑說：「吵了一架，最後叫我沒事少找她……不過你們想知道的，應該都問到了。」

眞的還是分手了嗎？葉瑋珊一愣，又擔心了起來。

沈洛年也不多囉唆，把剛剛問到的事情，趁著記憶猶新，快速地說了一次，反正葉瑋珊等人領悟力不錯，就算有點說不清楚的地方，應該也可以自己想通。

一直說到最後，沈洛年說：「總之她的意思……應該就是引仙確實可以突然變強一個程度，但是未來就難說了，她也不清楚哪個辦法好。」

眾人一面思考，一面開始各自表示看法，沈洛年反正都不能練，一點興趣都沒有，他添了幾支柴火，讓眾人討論，跟著自顧自地走出門外，揹手望著天上星空。

沒過多久，瑪蓮也不知道是不是擔心沈洛年開溜，突然跑了出來，拍了拍沈洛年肩膀說：「洛年，你還好吧？」

「還好啊。」沈洛年說：「妳決定得如何？」

「這又不像四訣，聽起來好像差不多。」瑪蓮笑說：「看一心、奇雅考慮之後，怎麼建議我就怎麼辦。」

「也是。」沈洛年說：「不過引仙者不是會變形嗎？不怕難看嗎？」

「對喔！」瑪蓮一驚說：「難看是無所謂，但毛皮和鱗片好像都怪怪的，那還是不要變好了。」

「嗯。」沈洛年點了點頭。

瑪蓮卻又皺眉說：「但是無敵大、蚊子和阿猴大概都會選擇引仙，萬一以後打不過他們就丟臉了，還是引仙好了……反正平常不會顯現。」

「只是暫時打不過不是嗎？」沈洛年說：「懷眞說等身體都適應了，吸收妖質的速度又會變快，但是引仙仙化就沒辦法了，只能慢慢練，以後誰強還很難說。」

「嗯……」瑪蓮抓著頭說：「好煩啊，不知道啦。」

這時奇雅和吳配睿也走了出來，瑪蓮轉頭說：「奇雅，怎辦，妳要不要引仙？」

奇雅搖搖頭說：「我們使用道咒的人，以慢慢累積道法能量爲主，不急於一時……既然現在只是身體還不適應，先和玄靈交換炁息就好。」

「不用煩惱眞好。」瑪蓮看著吳配睿說：「小睿呢？」

「不知道耶。」吳配睿說：「可是慢慢妖質會不夠用吧？到那時還是得引仙，這樣不如提早，還可以省一點妖質……既然要引仙，我當然選獵行囉，聽說最適合戰鬥。」

「嗯，這樣說也對。」瑪蓮說：「妖質留給奇雅和瑋珊以後用似乎比較划算……一定要選的話，我是對煉鱗比較有興趣。」

「咦？」吳配睿吃了一驚說：「阿姊，那個爆發力好像比較差不是嗎？」

「爆發力差，但是力量更大，偶爾靠著爆閃彌補，戰鬥該夠用吧？」瑪蓮說：「練了爆訣之後缺乏防禦力，遇到強一點的妖怪都很怕受傷……這樣逃來逃去不合我的個性，煉鱗聽說防禦力和恢復力很強，我比較喜歡。」

「可是……」吳配睿呆了呆說：「那個好像不大好。」

「怎麼不大好？」瑪蓮愕然問。

「好像……會變得很大塊頭。」吳配睿囁嚅說：「腰和腿萬一變粗怎麼辦？」

瑪蓮哈哈一笑說：「這有什麼關係？阿姊不在乎啦。」

這可連奇雅都微微皺起眉頭，看了瑪蓮一眼說：「眞不在乎啊？」

「奇雅不會討厭我就好了。」瑪蓮嘻嘻一笑，抱著奇雅手臂說。

吳配睿目光一轉，湊近沈洛年說：「洛年、洛年，我是來八卦的。」

「八妳的頭。」沈洛年白了她一眼說：「又想吵什麼？」

「你和懷眞姊眞的分手了嗎？」吳配睿一臉期待地說：「那你現在要追誰？」

這是啥邏輯？爲什麼我一定要追誰？沈洛年瞪了吳配睿一眼，正想開口，卻聽吳配睿搶著說：「不准說『關妳屁事』！沒禮貌！」

「呃……」沈洛年正想說的話被堵住，咳了一聲才說：「囉唆啦，本來就不關妳的事。」

「我就知道你想耍賴！」吳配睿忍笑頓足說：「快說！」

「懷眞叫我趕快找對象，我過兩天沒事就下去逛逛好了。」沈洛年隨口亂扯說：「看有沒有美女不用追求就可以摟摟抱抱，妳有興趣應徵嗎？」

「又在亂講！」吳配睿紅著臉笑罵了一聲，突然一驚說：「你不跟我們回台灣嗎？我們明天出發耶。」

沈洛年搖頭說：「我留在這兒，不回去了。」

奇雅和瑪蓮聽到，也詫異地轉頭，奇雅說：「你要在這兒……等懷眞姊嗎？她過兩天會回來嗎？」

「不會……不會這麼快。」沈洛年搖頭，至少要等到月圓吧？上次月圓剛過一個多星期，還得等二十幾天……媽的，那臭狐狸，等她回來得和她算帳，居然「掛我電話」！

三女見沈洛年望著天空若有所思，彼此望了望，都有點擔心，瑪蓮試探地說：「洛年……你是不是其實很難過啊？還是跟我們走吧，到處散散心比較好。」

「沒事啦。」沈洛年回過神笑說：「我只是不想坐船漂來漂去而已。」

「洛年不一起走？」侯添良和張志文正蹦了出來，開口的是張志文，兩人身後，黃宗儒也正往外邁步。

「嗯。」沈洛年想換個話題，主動說：「你們幾個怎麼決定？」

「千羽！揚馳！」張志文照順序指著自己和侯添良，跟著指著黃宗儒說：「無敵大就不用說了，當然是煉鱗。」

「咦？」吳配睿訝然說：「蚊子哥是因爲想飛嗎？」

「有一點啦。」張志文說：「主要是我覺得自己適合偵查，阿猴適合送信。」

「去你的。」侯添良說：「飛的不用爬高、爬低，才適合送信，我只是想跑得更快，對戰鬥才有幫助，千羽妖炁最弱，打架沒用！」

「妖炁不強的話，飛未必比跑得快喔。」沈洛年這方面很有經驗，搖頭說：「單純靠鼓翅，飛行速度有限。」

「看吧，洛年也這樣說。」張志文笑說：「你是跑腿命啦。」

瑪蓮笑說：「阿猴怎不乾脆選獵行或煉鱗？更適合戰鬥。」

「一心說怕會和輕訣效果衝突，最後變四不像。」侯添良說。

「那就沒辦法了……一心自己怎麼決定啊？」瑪蓮往內探頭嚷：「你們兩個不會趁機偷偷玩親親吧？放我們在外面吹風。」

這麼一喊，葉瑋珊和賴一心連忙走出來，葉瑋珊紅著臉嗔說：「我們在商量剩下的妖質怎麼分配啦，眞妖引仙要比較多妖質的。」

「嗯，至於我，暫時不想引仙。」賴一心微笑說：「我想了解體質適應之後的狀態是怎樣。」

雖然大家吸收的妖質差異不大，炁息強弱也差不多，但賴一心不只可攻可守，也總比別人還能應付強大的敵人，他選擇先不引仙，眾人倒也沒有異議。

「瑋珊……呃……宗長、宗長。」瑪蓮告狀說：「洛年明天不跟我們走耶。」

賴一心和葉瑋珊一怔，兩人同時望過來，沈洛年點頭說：「應該用不到我了，我在這兒就好，你們自己小心……而且我答應懷眞不陪你們。」

葉瑋珊聽到最後一句，自然不敢反對，遲疑了一下才說：「我們回去之後，那兒妖怪會逐漸變強……我們可能要留下防守到最後一趟才能走，不知道多久才能來。」

「反正我也不會亂跑。」沈洛年說：「你們來了再聚吧。」

也只能這樣了……葉瑋珊無話可說，只能低頭輕嘆了一口氣。

「啊，還有一件事，和何宗有關。」沈洛年突然想起這件事，當即說：「我把聽到的一些事跟你們說，你們回去小心點。」

眾人這才突然想起，確實到處都沒看到何宗的人……但沈洛年又怎麼知道的？

ISLAND
有點吃醋

次日，白宗等人隨著大批空船，離開噩盡島往西航行，準備返回台灣。

送行的沈洛年先隨著眾人上船，送出數里後，他才再度和眾人話別，飄身而起，飛返噩盡島。

之後的日子，倒是挺單純的，以沈洛年的能耐，配合上金犀匕的銳利，砍伐妖藤自是輕而易舉，而影蠱的妖炁雖然微弱，下水抓魚倒是合用，偶爾心血來潮，還可以到西面草原抓兩隻帶著妖炁的小獸打牙祭，日子可說過得輕鬆寫意。

美中不足之處就是——第二日之後，劉巧雯、周光就開始找上門來，沈洛年先是冷淡地應對了兩次，之後乾脆趁兩人還沒到就先溜，讓他們撲空幾次，後來也漸漸少上來騷擾了。

有時候食物準備多了，沈洛年就拿些送給鄒朝來一家，雖然鄒彩緞後來看到沈洛年時都暗暗瞪眼，沈洛年倒也懶得解釋，大多放下東西就走，很少多說什麼，而沈洛年本就孤僻，一個人生活也沒什麼不適應，日子就這麼一天天地過去。

也不知該說快還是慢，過了二十日左右，終於到了月圓的日子，這次的月圓恰逢中秋，其他村鎮華人不多也就罷了，但那台灣村可熱鬧了，雖然材料不齊，但各種各樣的創意月餅仍紛紛出籠，不少住在別村落的華人，也帶著朋友走去那村莊慶祝、賞月，一起熱鬧。

沈洛年這時正坐在山崖邊上，遠望著那個處處營火、人影紛擾雜沓的小村，想著一年前的中秋，自己和葉瑋珊、賴一心、黃宗儒上山，被鑿齒一矛穿胸的往事。

那時賴一心連一隻鑿齒都打不過，黃宗儒更是嚇得發抖，自己則是差點就死在那兒，多虧懷眞現形衝來救命……也因爲那一次的事故，自己和懷眞才知道兩人居然立下了一個很麻煩的咒誓……卻不知今日月圓，那臭狐狸會不會出現？

就在這時候，那小村的一角突然異常地耀目，沈洛年一怔回神，仔細看過去，卻見火焰突然熊大明亮起來，那是……糟糕，有房子燒起來了！

這可麻煩了，這兒理論上雖然道息較少，但離地越遠道息就相對越濃，熱氣往空中一沖，還是會引來火妖，就算沒引來火妖，這妖藤片蓋起的房屋，一戶戶靠在一起，這一燒不是全毀了嗎？

沈洛年輕身飄起，往那兒接近，眼看下方已經不少人聚集著運水搶救，自己在這時候能幹什麼？沈洛年目光搜尋著，看有沒有人被困在火中，若找不到，他打算也去運點水，算是幫一點忙。

突然那燒得最旺的地方，火焰猛一收，一股妖炁竄出，冒出了鼠狀火妖，跟著火焰稍收即放，馬上又重燃了起來，而火妖開始在各屋面上爬竄，一面製造更大的火焰，一面產生更多的火妖。

媽啦，這可麻煩了，火妖該怎麼殺？沈洛年拔出金犀七飄了過去，卻又被熱氣熏了回來，他雖不怕妖炁，卻怕火烤，就算這血飲袍能抗火，頭臉手腳一樣沒遮掩，過去可受不了……

正困擾間，沈洛年突然微微一怔，轉頭往西方看，卻見一頭翼展足有五公尺餘的藍色單足火紋巨鳥，正高速破空衝來。

這不是……羽霽的媽媽羽麗嗎？

沈洛年吃了一驚，還不知該不該打招呼，羽麗已經突然轉下，猛然飛旋鼓翅，在妖炁散出的同時，七、八隻鼠狀火妖被這片妖炁帶起，彷彿變成一條鼠肉串，排著隊咕嚕嚕地滾入了她白色巨喙中，羽麗吃光火妖，跟著一展翅，一股凜冽強風突然壓下，逼得正下方數百人忍不住蹲伏下去，而那數間燒起的房舍，在這火妖消失、火勢一弱的剎那間，被這一下強風倏然颳熄，轉而冒出一縷縷黑煙。

火熄了？下方眾人歡呼起來，紛紛往上仰望，羽麗似乎挺得意的，揚首「畢昂」地叫了兩聲，不少人看到畢方這華麗漂亮又強大的仙獸，紛紛拜伏下來，羽麗似乎很喜歡這種氣氛，在歡呼和膜拜聲中飛旋了兩圈。

轉了轉，羽麗突然停下轉頭，飛近穿著紅袍、也在空中飄飛的沈洛年，一面輕「嗶」了一聲。

沈洛年也不知道她在說什麼，只好搖頭說：「羽麗，我聽不懂。」

「嗶！」羽麗微微歪過頭，飛到沈洛年後方，低頭鑽過他跨下拱起，把他擠到自己背上，又叫了一聲。

「要我跟妳走嗎？」沈洛年意外地說。

「嗶。」羽麗點了點頭，跟著一展翅，御炁向西方飛去。

下方數百人，看著這一幕，都愣住了，在這中秋月夜，皎白的月光把沈洛年那身紅袍映照得十分清楚，而那不知是仙是妖的強大神獸，竟似乎對他十分恭敬，揹負著他往西遠飛，這是怎麼回事？

從半個多月前的大騷動之後，看清沈洛年臉孔的人雖然不多，認識那身紅袍的人卻已不少，他過去和白宗並肩作戰的一些傳說，也漸漸傳開，今日這一幕出現後，確實使得一部分人更尊敬、崇拜他，但也有不少人，發現他能與妖怪打交道之後，產生了古怪的聯想。

當初三小之中，羽霽就是飛最快的，她娘羽麗這一飛更是奇快，沈洛年才剛抓穩了她背後的絨毛，羽麗妖炁一漲，展翅間已經飛出老遠，回頭一看，港口那附近幾個村莊已經變成小點，再過一陣子，連妖藤區都看不清楚了。

沈洛年抱著羽麗脖子，忍著強風，大聲說：「懷眞在妳們那兒嗎？」

「嗶！」羽麗叫了一聲。

聽不懂啊……沈洛年暗暗心想，也許該把輕疾隨時準備當翻譯才是，只可惜現在碰不到土壤，可沒辦法召喚輕疾……也不知道輕疾可以離開土面多久……

胡思亂想了好一陣子，沈洛年也不知道被羽麗帶著飛出了幾百公里，只感覺下方道息似乎越來越濃重，這噩盡島越靠西面，地勢越平緩，加上範圍逐漸變大，排斥道息的力量越少，似乎已經和外海差不太多了。

緊跟著前方突然出現了一片寬廣如海的湖泊，羽麗也正逐漸往下降，對著湖泊中一個僅有數公里寬的小島飄降，還沒落下，一個金髮小女孩已經衝飛出來，一面嚷：「洛年——洛年——」

那不是山芷嗎？沈洛年露出笑容，兩方在半空中相遇，山芷已經撲到沈洛年懷中，嘻嘻笑個不停。

此時羽麗已經落入島嶼，沈洛年抱著山芷飄下地面，一面好笑地說：「小芷衣服怎麼變這麼破爛？」

原來山芷還穿著當初找到的那件衣服，但如今那衣服上處處塵泥不說，還有不少撕裂口，已經有點不成模樣。

「小霽弄破！我們玩，弄破。」山芷嘻嘻笑，一面翻到了沈洛年身後，坐在他脖子上，抱著沈洛年腦袋胡亂唱了起來。

這小鬼那時連人話都說不順，現在已經會唱歌了喔？沈洛年不禁好笑，四面一望，卻見那黑髮小女孩羽霽正扠著腰，板著嬌美的小臉，在不遠處瞪著自己，身上那套衣服一樣挺狼狽破爛，想來該是被山芷弄破的。

這兒是她們住的地方嗎？沈洛年四面一望，見這島上林木蒼鬱，竟似乎已經生長了許多年，噩盡島上怎會有此景觀？沈洛年正訝異，卻見山芷的母親——成年窮奇山馨，正叼著隻大野豬飛竄出林，啪嗒一下將那塊野豬屍體扔在沈洛年眼前，她那嘴角還帶著血漬的巨大虎首，樂呵呵地撞了沈洛年幾下，低吼了幾聲。

「山馨……啊，我找翻譯。」沈洛年一轉念，施術叫出輕疾。

「洛年，承蒙召喚，有何吩咐。」輕疾很快就冒了出來。

「翻譯。」沈洛年說。

「明白。」輕疾身下的馬形消失，變成個直立人形，蹦上沈洛年左肩準備工作；抱著沈洛年腦袋的山芷突然好奇地一把抓住輕疾，但這下卻把輕疾捏變形了，山芷吃了一驚，驚呼中連忙放手，爬到了沈洛年右肩探頭。

「請勿觸摸，謝謝。」變形的輕疾又緩緩變回原樣，倒似乎沒什麼大礙。

「吼！」山馨瞪著女兒大吼。

「笨女兒多手多腳！」輕疾站在沈洛年耳畔低聲翻譯。

山馨又吼了兩聲，輕疾馬上跟著說：「我罵女兒你翻什麼？」

山馨氣得瞪眼，另一側的山芷倒是咯咯笑了起來。

「請問懷眞在這嗎？」沈洛年問：「妳們找我過來做什麼？」

經過翻譯，沈洛年聽到山馨說：「懷眞姊姊要我們先陪你玩……你們人類不吃生肉吧？」

「嗯……吃熟的。」沈洛年說。

「小霽來把肉弄熟。」山馨轉頭喊。

「小芷抱夠了沒啊！」羽霽說的倒是人話，她奔近氣呼呼地說：「下來幫我弄。」

「不要！我要抱洛年！」山芷說：「洛年我的！」

「那我不弄肉了。」羽霽頓足叫。

「別調皮。」羽麗走近，巨翅輕鼓，以妖炁讓那肥大山豬飄起旋轉，跟著一股熾焰從她口中吐出，只見那野豬皮毛燒化，油脂往下滴，漸漸冒出肉香。

問題是……也不洗剁放血一下嗎？還有內臟也不處理嗎？沈洛年不禁咋舌。

過沒多久，羽麗得意地放下那表皮呈現焦黑，裡面卻不知熟了沒有的野豬說：「應該夠熟了！吃吧！人類洛年。」

羽霽和沈洛年住過一陣子，知道人類烤東西不是這樣，卻故意不說破，只在一旁偷笑。

山芷雖然也一起生活過一陣子，但她本是粗枝大葉的個性，過去也沒注意過，這時更只顧抱著沈洛年，沈洛年見狀只好說：「先找懷眞出來好嗎？」

「你沒生氣嗎？」羽麗歪著腦袋說：「懷眞姊姊要我們先讓你開心，吃東西會開心吧？」

「我沒生她氣……」沈洛年好笑地說：「叫她出來我就開心了。」

「這樣嗎？」羽麗和山馨對看一眼，兩仙獸似乎也沒什麼主張，過了幾秒，山馨仰起頭，對著島內長吼呼喊。

又過了幾秒，沈洛年目光一轉，望向森林，果然見到懷眞正從一株林木之後探頭，表情卻似乎有點忐忑。

「還躲？」沈洛年好笑地說：「要躲多久？」

「你不要罵我喔！」懷眞遠遠地嚷：「罵我我就不過去了！」

「不罵。」沈洛年搖頭。

懷眞懷疑地看了幾眼，這才走出森林，一面說：「山馨、羽麗，謝謝妳們，我和洛年單獨聊一下。」

「小芷還不下來！要走了。」羽霽得意了，過來拉扯山芷的小腿。

「不要。」山芷蹬腿哇哇叫。

「笨女兒！還胡鬧！」山馨嚷。

「小芷，讓洛年陪我一下，等等就還妳。」懷眞頓了頓，苦笑說：「姊姊以後不會和妳搶洛年了。」

山芷似乎感覺到了懷眞的情緒有異，難得聽話地飄下，落在懷眞身旁，拉了拉她的袍角，側頭擔心地說：「懷眞姊姊？」

「乖。」懷眞摸摸山芷的頭說：「去和小霽玩。」

「好！打架！」山芷轉身奔向羽霽，兩人同時露出笑容，一面撲打一面往外飛。

「衣服都打爛了，脫了再打！」山馨在後面大吼，兩小卻不理會，越打越遠鑽到林子裡去了。

山馨和羽麗沒辦法，只向懷眞微微點了點頭，追著兩小離開。

沈洛年、懷眞望著這兩對母女遠去，直到看不見蹤影，兩人這才目光相對，沈洛年散了輕疾，看著懷眞身上穿著件罩住全身的罩袍，不只把曲線完全包起，連一點兒肉也不肯露出來，這可不是她穿衣服的習慣……眞有必要防自己防成這樣嗎？沈洛年不禁皺起眉頭。

懷眞看到沈洛年的表情，退了一步嘟嘴說：「我不是怕你喔……你又跟我吵架的話……我萬一忍不住揍死你就糟了……你……你幹嘛不說話？」

「我們別吵架了。」沈洛年伸手說：「想不想讓我抱抱？」

懷眞一怔，咬唇頓足說：「不行啦！」

「呵呵，算了。」沈洛年搖搖頭，指指那頭焦黑死豬說：「這是幹嘛？妳要她們整我嗎？」

懷眞一看，倒也忍不住苦笑搖頭說：「怎會這樣……小霽不是會嗎？」

「這是她娘烤的。」沈洛年蹲下，拿著金犀匕劃開外層厚厚焦黑的地方，翻了翻說：「好像還有一些部分可以吃。」

懷眞看著沈洛年，收起笑容，遲疑地說：「洛年……」

「啊，妳趕著吸道息。」沈洛年站起伸手，沒什麼表情地說：「不想用嘴吸對吧？我用手送給妳。」

「我沒趕著要啦！」懷貞頓足說：「別給人家臉色看！」

「妳是要我怎麼辦啊？」沈洛年雙手盤在胸口說：「像過去一樣妳說不行，保持距離又說給妳臉色。」

「我不知道！我不喜歡這樣，你都怪我！」懷貞委屈地嚷。

「我沒怪妳啦。」沈洛年嘆口氣說：「雖然妳不解釋爲什麼突然要避著我……不過妳要這樣就這樣吧，反正我會給妳道息。」

「嗯……」懷貞嘟著嘴，不大滿意地走近兩步，沈洛年凝聚了適當濃度的道息往她口中送，懷貞吸收了之後，又退開了兩步。

「妳想走的話就走吧……」沈洛年再度蹲下，切開野豬的背脊，尋找有沒有烤得比較剛好的地方。

懷貞遲疑了一下才說：「欸，你怎不和瑋珊他們一起？」

「在船上一趟一個月，整天沒事幹，太無聊。」沈洛年看了懷貞一眼，笑說：「要是有妳陪還可以考慮。」

懷貞低下頭微微一笑，竟似乎有幾分羞澀，看得沈洛年怦然心動，他一轉念，這才發現不對，懷貞過去縱然也會開玩笑般地柔言媚語，卻從沒露出這樣的表情，在她身上似乎眞有什麼東西產生了改變……莫非就是因此，她才要避開自己？她這種仙獸族不能有伴侶，所以和自己接近，會有特別的壞處？

沈洛年看著懷真，沉吟著說：「現在這樣，還是有影響嗎？」

懷真愣了愣，才知道沈洛年在問什麼，遲疑了一下，她似笑非笑地低聲說：「你還會對我動情的話，就會有。」

原來是這樣？沈洛年看著懷真說：「那是一定的……妳還是快走吧，我不想害妳。」

「我還有話想說……」懷真搖搖頭說：「洛年，現在我每個月還會見你一次，而且真有危險還可以來幫忙……但可能有一天，我會好長一段時間不能來找你，就算你找我，我也來不了，那時你可要靠自己保護好自己。」

「好長一段時間？……那是多長？」沈洛年說。

「也許需要閉關幾年，也許幾十年……」懷真搖頭說：「我現在狀況又還沒恢復正常，我也不知道要多久……」

昏迷嗎？還是發瘋？還是生病？聽起來挺恐怖的，沈洛年擔心地說：「妳不會有事吧？都分開生活了，還是沒辦法解決嗎？」

「已經開始，就沒法中止了，分開只是讓它慢點發作……」懷真咬著唇說：「只要運氣別太差，熬過去就沒事了。」

還要運氣好才能熬過去？沈洛年瞪大眼睛說：「我到底做了什麼？怎會這麼嚴重？我已經……都沒吸道息了。」

「我的事情你別擔心。」懷眞搖搖頭，提起精神，望著沈洛年說：「你現在才更該要努力吸納道息！」

「嗄？」沈洛年訝然說：「不是對妳有壞處嗎？」

「過去是想讓你慢點仙化……現在已經來不及了啦。」懷眞嗔說：「你體內道息越多，換靈越完整，身體強度就會越高，就算沒有其他的能力出現，至少……受傷復元的速度會更快吧？」

「恐怕沒用。」沈洛年不大樂觀，現在體內道息已經比過去增加很多，但是卻不見得好得更快。

懷眞想想又說：「說不定可以藉著散出濃密道息，使對方妖炁消散，然後嚇退敵人，也算個自保的辦法……雖然這種辦法很耗道息，但危險的時候也可以用。」

這方法倒不錯，那時怎沒想到用這招嚇刑天？不過沈洛年轉念又想，當時被逼得大兜圈子，離對方很遠，自己又閃個不停，大概也沒辦法凝出一段往外送……

「我希望能盡量撐到你能自保爲止……」懷眞看著沈洛年說：「你換位速度快，加上能化散妖炁，若小心謹愼，不求有功、但求無過，一般能傷你的妖仙其實不多……大概只有道咒之術你防不了。」

沒錯，若是炎術、凍術之類的對自己轟來，就算衣服可以擋一部分，頭臉也受不了，剛剛對付那小小的火妖就是如此，比如說，自己大概就應付不了會噴火的小畢方羽霽，但強於羽霽的大型刑天，自己反而勉能應付。

沈洛年當下點頭說：「有辦法防範嗎？」

「據我所知，有兩個辦法不需要具備妖炁，就可以產生戰鬥能力。」懷眞沉吟說：「一個是和自然古仙接觸，但這緩不濟急……」

沈洛年一愣說：「也是某種玄界之靈嗎？」

「不是，是與鳳凰同時存在的四大原始古仙，這世界的物質基本規則，是由這些古仙制定的。」懷眞頓了頓說：「反正這和你無關……這些古仙就算等到道息到達最高點，也不一定會返回人界，來不及的。」

「好吧。」沈洛年說：「那第二個呢？」

「第二個……」懷眞說：「就是『闇屬玄靈』，聽說那個不需要任何妖炁就可以運用。」

「那個喔？妳上次沒講清楚。」沈洛年說。

「因爲傳說中那方式很危險，而且也不是隨便就可以聯繫上。」懷眞妙目一轉說：「但我仔細想想，說不定挺適合你……」

「咦？什麼意思？」沈洛年不明白。

「細節我也不清楚，只聽說是用生命力換取闇之力量。」懷眞眨眨眼說：「我在想……這世界除了鳳凰之外，你的生命力應該最豐富吧？如果能用的話，那換來的威力應該很驚人，但又怕搞錯了，最後害死你……」

「那不就又要害妳陪葬了。」沈洛年苦笑說：「這樣妳還敢冒險？」

「但我想不出別的辦法了。」懷眞咬著下唇說：「和闇靈立約之後，只要別隨便使用闇靈之力，保命的時候才用，這樣總比直接死掉好吧？」

這倒也沒錯，沈洛年點頭說：「我明白了，那該怎麼立約？」

「闇靈不用㷅息開門尋找，但是要相關的法器才能和闇靈聯繫，本來這才是最困難的地方，因爲過去闇靈的法器只要一被找到，幾乎都被銷毀了。」懷眞頓了頓，從袍中取出一把無鞘闊刃短劍說：「但我最近發現，這把劍周圍的東西都乾燥得很快……似乎正是闇靈法器的特性。」

沈洛年見過這把劍，是當時在某個小型龍庫中找到的，懷眞確實說過像是某種祭儀的法器，不過當時她還沒有確定用途，沈洛年詫異地說：「乾燥怎會和『闇』扯上關係，和炎比較接近才對吧？」

「乾燥和熱是兩回事……總之若不是發現這把短劍的特性，我也不會想到闇靈上面去。」懷眞將短劍交給沈洛年說：「雖然那是禁忌的力量，但如果你最後還是死了，反正我也得陪你死……其他的事我也顧不得了。」

禁忌的力量？沈洛年迷惑地接過劍說：「要怎麼和闇靈聯繫？」

「我也不知道。」懷眞再度退開說：「你拿去試試吧，反正和生命力有關的辦法都試試……無關的也可以亂試。」

「啊？」沈洛年忍不住瞪眼說：「怎麼試啊，拿這劍跳舞、炒菜嗎？」

「我哪知道？又不能幫你試！」懷眞嘟嘴說：「我已經和雷靈立約，找不到闇靈的，除非先和雷靈斷了聯繫。」

這當然不行，雷術已經是懷眞最後的護身符，沈洛年抓抓頭說：「我知道了，我亂試就對了。」

「如果試不出來，這把劍也不要總帶在身邊。」懷眞說：「你該沒辦法銷毀它，先找個地方深深埋起，等以後我們都度過難關，再來處理。」

「知道了。」沈洛年說。

懷眞目光一轉，突然側頭輕笑說：「對啦，你有找到其他喜歡的女子嗎？」

「沒有。」沈洛年搖頭苦笑說：「我大多時間都待在房子裡。」

「我上次是說眞的，你若有喜歡的女子……」懷眞頓了頓說：「我也許可以回去。」

「那樣妳就會沒事嗎？」沈洛年沒想到這不是開玩笑，詫異地說。

「停是停不了了。」懷眞側著頭說：「但你若對我沒興趣，會延緩發作的時間。」

「上次就說過了，我就算有其他喜歡的女孩子，心裡還是會對妳有興趣啊！」沈洛年說到這，先發制人地說：「別又罵人！男人本來就是這樣，什麼專情都是騙鬼的，只是忍住而已，要尊重別人的種族特性啊。」

「你這沒有節操的臭男人，居然敢先凶我！」懷眞雖然在罵人，但聽到沈洛年當面說對自己有興趣，臉上仍不免微微一紅，似乎頗有幾分歡喜。

媽的，還會臉紅，這狐狸越來越誘人了，沈洛年吸了一口氣說：「不然妳做點讓我討厭的事情好了。」

「好！」懷眞嘟嘴說：「我去欺負瑋珊！」

「喂！」沈洛年吃了一驚。

「好像眞的有用，可惡，你這什麼反應？害我有點吃醋！」懷眞忍不住咬唇白了沈洛年一眼。

「別鬧了。」沈洛年說：「妳這樣只會害我越來越喜歡妳。」

「我欺負瑋珊你會更喜歡我？」這下輪懷眞吃驚，又退了一步。

「我不是說那個。」沈洛年嘆氣說：「妳現在跟我說話的態度，和以前不同……自己沒注意到嗎？」

懷眞一怔，頓足說：「我當然知道，但我忍不住……氣死我了！我要走了。」

「懷眞——」沈洛年輕喊。

「怎樣啦，我要走啦！」懷眞一臉委屈地大叫：「去找你的瑋珊啦！別理我！」

「別無理取鬧！」沈洛年頓了頓，有點尷尬地紅著臉說：「妳眞的……不能……有伴侶嗎？」

「不行！不行！不行！」懷眞叫：「我們都會死的！」

「到底爲什麼？」沈洛年漲紅臉說：「妳明明和正常女人一樣啊。」

「幹嘛問這麼多？」懷眞氣呼呼地說。

「當然要知道，總要讓我搞清楚爲什麼不可以吧？」沈洛年說。

懷眞遲疑了片刻，這才看著沈洛年說：「我確實不喜歡提這件事……而且這說來話長，今天已經相處太久，我眞的得走了，等我準備好，再……用輕疾跟你說，好不好？」

沈洛年雖然看出懷眞這串話不是很眞心，但看她一副可憐的模樣，也說不出不好，只好嘆氣說：「好吧。」

「你等會兒陪小芷玩玩，山馨會送你回去的……我走了……」懷眞再深深看了沈洛年一眼，轉過身，飄然而去。

□

深夜，一頭龍首虎身的有翅巨妖，帶著一個紅袍人影，從西往東，向著有數萬人類居住的東方高原邊際直飛。

這是沈洛年和送客的山馨，小娃兒山芷本想跟過來，卻被山馨趕了回去，在那兒至少還有羽霽幫忙陪著山芷，若帶來這兒再帶回去，恐怕回程上山芷會一路吵個不停，而且山馨也有一點私心，這麼一來，總算可以單獨和沈洛年親近，畢竟她不好意思當面和女兒搶沈洛年。

於是返回的時候，變換成龍首的山馨，飛得不太快，兩人一面飛一面閒聊，倒也挺自在。

這時沈洛年正訝異地說：「那小島是原來就在海上的島嶼？難怪上面會有普通的動植物。」

山馨說：「這種地方東邊很多，不過不一定變成小島，有的被土壤圍住了，變成山丘，那種地方都會住起來比較舒服。」

因爲那兒的土壤不具備道息排斥力吧？沈洛年說：「這樣生物更容易繁衍出去，噩盡島上以後該會越來越熱鬧。」

「對了！」山馨突然說：「洛年我問你，你是要懷眞姊姊幫你生孩子嗎？」

「呃？」沈洛年臉紅了起來，愣了愣才說：「她說她不能有伴侶。」

「喔？」山馨歪著頭想了想才說：「我也覺得懷眞姊姊不可能這時候才生孩子。」

「伴侶和孩子有什麼關係？」沈洛年聽不懂：「不能只當伴侶，不生孩子嗎？」

「不爲了一起生養孩子，幹嘛在一起？」山馨迷惑地說。

沈洛年不明白了，想了想才說：「妳們不是……自己就可以生嗎？」

「對啊。」山馨說：「但如果遇到喜歡的人，也可以幫他生，然後一起把孩子養大。」

「嗄？」沈洛年呆住：「妳也可以嗎？」

「想要我幫你生嗎？我有小芷就夠了，生孩子傷道行。」山馨輕笑說：「你願意等的話，到時候問問小芷願不願意幫你生。」

「呃？」這實在不像一般母親會說的話，妖怪果然是妖怪……沈洛年愣了愣才說：「怎麼說傷道行？」

「我們仙獸族，會把一部分能力轉給孩子。」山馨說：「所以通常修煉千載就生了，越晚生越損道行。」

那懷眞更不可能生了，她可不知道多老了，不過她道行不是大損嗎？會不會這時生剛好沒差？沈洛年搞不懂這方面的機制，正思索著，山馨突然又說：「不過和人類的話……」

「怎麼？」沈洛年問。

「你們就算不爲了生孩子，也以交配爲樂不是嗎？仙獸族和人類成爲伴侶會有這方面的困擾。」山馨說：「每種妖族的習慣都不同，不同種族的還是會有麻煩。」

「唔……」沈洛年突然明白，如果窮奇交配只是爲了生子，而且一輩子也才交配那一次，甚至不交配，難怪談起這種事情會這麼大方？既然這樣，沈洛年也輕鬆了些，笑說：「萬一……我是說萬一啦，如果有誰這個……跟我生孩子的話，生出來是哪個種族啊？」

「一般說來，好像都是由媽媽決定。」山馨果然不避忌，直爽地說：「若是小芷和你生孩子，可以生出人類、窮奇和混種三種，不過如果想生窮奇，小芷自己生就好了，通常會人類和窮奇各生一隻吧。」

人類不是用隻當單位的……沈洛年苦笑說：「這樣當媽媽不是很吃虧嗎？雄性不會損道行？」

「也會啊。」山馨說。

「也會？」沈洛年詫異地問。

「精氣交會的時候，父親精氣道行就會隨之納入母體，傳遞給子嗣了。」山馨笑說：「眞要小芷幫你嗎？反正她這麼喜歡你，我回去跟她說，叫她想生的時候找你一起！」

「呃……咳咳……千年耶，那時我該已經死了。」沈洛年差點嗆到，苦笑說：「不用了。」

「對喔，人類短命。」山馨咧開巨口笑說：「那就幫不上忙，還是找普通人幫你生吧。」

「還不知道能活多久呢，生什麼孩子……」沈洛年搖了搖頭說：「混種又是怎樣？」

「我也搞不清楚……很少母親這樣做。」山馨想了想說：「啊，麟犼就是虯龍和麒麟……一種不很成功的混種，他們因此有點自卑，所以很少和別的妖族相處。」

麟犼感覺挺強的不是嗎？沈洛年意外地說：「不成功嗎？」

「對啊。」山馨說：「兩種不同的天成之氣混在一起，最後變成一種會讓人害怕的怪氣，不過只對妖炁弱的小妖有用，等於沒用。」

感覺上，懷眞的狀況和山馨說的狀況不大相同啊，山馨似乎能夠說不生就不生，也不會因爲自己受影響……莫非雖然都是仙獸族，不同種還是有差異？沈洛年嘆了一口氣，終於直接問：「山馨，妳知道懷眞爲什麼避著我嗎？」

「不知道耶，懷眞姊姊不說。」山馨想了想又說：「我年紀不大，懂的事情很少。」

至少也千多年歲月了不是嗎？這還叫「年紀不大」啊？人類活個十輩子加起來也未必有千年……沈洛年啼笑皆非，轉念一想，記得山芷似乎也有近百歲了，還不是像個小孩？看來妖仙和人類的時間流逝感似乎不大一樣。

「快到了。」山馨看著前方不遠處的港口聚落群說：「這兒眞不舒服，幹嘛住這邊？」

「因爲這邊對人類來說比較安全啊。」沈洛年指著斷崖說：「我住那上面……咦？」

「有其他人躲著！我去吃了他。」山馨低吼了一聲停在半空，突然冒出一股不愉快的氣息。

對了，除了自己之外，窮奇討厭一般人類，難道又是劉巧雯跑來了？還眞是陰魂不散，沈洛年飄起說：「那人我該認識，饒了她吧……這麼近了，我自己回去，謝謝妳送我。」

「我還想跟你玩一下！」山馨生氣地轉身，用頭頂了頂沈洛年說。

都當媽媽了還有點孩子氣呢，不知道山芷長大了是不是也這樣……沈洛年抱著那顆大頭，抓了抓山馨脖子的皮毛微笑說：「隨時可以來找我啊。」

「我下次也學會變人，再來找你。」山馨說。

沈洛年一愣說：「妳也會變人？窮奇不是沒在變嗎？」

「看兩個小鬼變人好像挺好玩的。」山馨說：「小芷是血親，我從她那兒取形應該就可以了，很方便。」

這倒是好事，也比較不會嚇到人……沈洛年想了想，突然一驚說：「拜託妳可得穿著衣服來。」

「一定要嗎？」山馨側頭說：「好像很麻煩。」

「一定要穿啊。」沈洛年說：「我很喜歡妳們，萬一妳變得太漂亮，又光溜溜，說不定……對我有不好的影響。」

「喔？」山馨懂了，點頭說：「不行的，我們沒打算生孩子的時候，那些部分都功能停止密合的，你要看嗎？」

「不……不用看、不用看，反正不行就對了，我了解。」也太大方了吧？沈洛年忙搖手，心中一面想，原來如此，難怪當初懷眞會說無法解決這方面的需求。

「那我回去了。」山馨往空中望了望，突然有點高興地說：「再過一陣子，妖仙們就可以來了，世界會熱鬧起來，到時候帶媽媽、奶奶還有小鬼一起來找你。」

開窮奇大會嗎？沈洛年好笑地點頭。

「那我走囉，洛年。」山馨又拱了拱沈洛年的胸口，讓沈洛年抱了抱她的頭，這才依依不捨地轉身離開，一面飛遠，一面又回頭看了好幾次，直到飛出十餘公里外，才加速飛去。

ISLAND

有拜有保庇

送走了山馨，沈洛年注意力回到山崖上，在山崖不遠、飛瀑巨石旁躲起來的那人，炁息似乎是發散型，當然是劉巧雯。

這女人眞的很煩，每次說話都飄來飄去的不知道重點在哪兒，感覺上老是想打探什麼，讓人很不舒服，但說要發她脾氣，又似乎不像眞有什麼惡意，也不便惡言相向，所以後來幾次，沈洛年每當感覺到劉巧雯上山，索性就先一步溜出門外逛街，直到她離開才回去。

這麼幾次之後，最近這一個多星期，劉巧雯就沒來了，也終於安靜了一陣子。

怎麼今天又跑來了？沈洛年一轉念，想出原因，八成羽麗來接自己的時候，劉巧雯也看到了，今天可能爲了這件事來囉唆，還是去別處村鎮逛逛，等她失去耐性吧？

不行，身上還帶著那把闇靈法器，得快找時間研究一下，讓懷眞放心，這時可沒時間到處跑……媽的，乾脆去把她罵走，省得三不五時又來找麻煩。

沈洛年下了決定，繞過了山巒，從劉巧雯身後突然無聲地冒了出來，正想大喊一聲先嚇她一跳，卻看她一個人抱膝坐在地上，整個人都是擔憂的情緒，竟似乎眞有什麼煩惱。

沈洛年一怔，輕輕飄落，上下看了看劉巧雯，她也算不簡單，在這艱困的時局裡，還是把自己打扮得整整齊齊、漂漂亮亮，裙子是比較少穿了，但大多還是選擇顯露身材的服飾，比如今天就是一條短褲配上短袖運動服，乍看頗有瑪蓮風，不過褲子還是寬長了些，並非熱褲造型，有點美中不足。

反正自己沒興趣的女人，連養眼的功能都沒有了，沈洛年也懶得多看，輕咳了一聲說：「嗨。」

劉巧雯一驚跳起，她沒想到沈洛年無聲無息地從自己身後冒了出來，呆了好片刻才說：「果然瞞不過你……」

「找我？」沈洛年板著臉說：「有事？還是又要問些怪問題？」

「我不問了，問也問不出什麼來。」劉巧雯微微苦笑說：「今天是有一件很嚴重的事情想告訴你……不讓我進屋嗎？」

看來不像假話……沈洛年想想才說：「請進。」跟著轉身打開了房門，他也不關門，就這麼讓月光從門口灑入，一面吹起火炭，再度把房中火堆引燃。

「最近來了幾批船隊，你有注意到嗎？」劉巧雯說：「一批是日本人，另外兩批分別來自上海和香港，雖然沒有台灣這麼多，也都有好幾千人。」

確實前陣子下面又熱鬧了幾次，還多了幾個小村鎮，不過沈洛年不關心這些事，只遠遠地看了看熱鬧，此時他點點頭說：「有看到。」

「其中上海和日本這兩批，傳來了讓人擔心的消息。」劉巧雯頓了頓說：「你該還不知道北韓核彈爆炸，輻射塵污染了南北韓、東北、還有黃海大部分區域的事情吧？」

「不知道。」沈洛年搖搖頭說：「不過我知道四川好像有。」

「四川也有嗎？」劉巧雯微微一怔說：「我們還沒得到這麼遠的消息。」

「不只四川，喜馬拉雅山過去也有，歐洲還有好幾個地方炸得亂七八糟……」沈洛年當時和懷眞從雲南去西歐，經過了不少有輻射塵的地方。

「印、巴和英、法嗎？」劉巧雯吃驚地說：「你去過這麼遠的地方嗎？他們都沒把核彈拆掉？」

「不是英、法。」沈洛年搖頭說：「一些其他地方，我也不大清楚地名。」

劉巧雯想了想，沉吟說：「聽說美國在不少歐洲國家有布置核武……難道……」

「都是小區域的。」沈洛年說：「看起來影響不是很大。」

「有核武爆炸就很糟了……」劉巧雯輕嘆一口氣說：「不知道要多久影響才會消失？」

「炸都炸了……既然喜歡在自己家裡放核彈，炸到有什麼奇怪的？」沈洛年不耐地說：

「北韓那怎麼了？」

「你怎麼這樣說？」劉巧雯苦笑說：「死很多無辜的人呢。」

「同情也沒用的事，就沒必要大家一起嘆氣了。」沈洛年沒看到就沒感覺，隨口說。

此人不可理喻，劉巧雯搖搖頭說：「四二九之後，從這兒返回各國的變體者，聚集各地難民，並和一些留守變體者會合的時候，聽到了一個奇怪的消息。」

「怎麼？」沈洛年問。

「在輻射污染區那附近……聽說出現了許多縛妖派高手。」劉巧雯說。

「啊？」沈洛年大吃一驚，眞有這種人？還很多個？自己這冒牌貨恐怕是混不下去了。

「聽說這些人，帶著許多強大的妖怪……」劉巧雯說：「他們似乎同時在東北、南韓等地出現，分成許多批，一路往外散……估計現在可能有些已經到了日本，另外往中國方向走的，似乎是先往華北地區移動，會不會往南走還不知道。」

沈洛年一面聽，一面有點迷惑，懷眞當初簡略說過，她猜測的縛妖派狀況，應該是藉著把炁引入妖怪體內，進而控制對方……而這樣的動作，頂多只能控制一個妖怪而已吧？怎會是「帶著許多強大的妖怪」？不過懷眞當初也是猜的，也許她猜錯了？

「既然都是縛妖派……」劉巧雯又說：「你知道他們的來路嗎？」

「不知道。」沈洛年心虛地說：「和我所知的……不大一樣……」

「這些人……據說……」劉巧雯遲疑了幾秒才說：「他們帶著許多妖怪，到處屠殺倖存的難民，把好幾個災難後難民聚集地的人們都殺光了。」

沈洛年大吃一驚說：「眞的嗎？爲什麼？」

劉巧雯搖搖頭說：「現在各地通訊斷絕，也無法派人確認……這些事情是由少數逃出的倖存者所傳出，但當時在上海、日本的難民們自顧不暇，也沒法派人去查探。」

不會有人這麼無聊吧？把人類殺光了有什麼好處？是誤傳嗎？媽的，難道那些人其實是妖怪？

強大的妖仙，想變人形並不困難……但爲什麼要到處殺人？

這一瞬間，沈洛年突然想起很久以前，懷眞說過的一串話——「你們人類把這世界變成這麼髒亂難看、臭氣沖天……你難道以爲日後從仙界重返的億萬妖怪神仙，每個都和我一樣不在乎嗎？」

想到這兒，沈洛年臉色一變說：「那些凶手是從輻射污染區附近出現的嗎？」

「聽說是這樣。」劉巧雯點頭說。

「糟糕了，若是眞的。」沈洛年皺眉說：「恐怕是強大的妖怪變的。」

劉巧雯一怔說：「妖怪眞可以變人？」

「強大的妖怪，確實可以讓妖炁和肉體轉換變化，變得和人類很像，連大小、質量都可以改變。」沈洛年說：「觀察妖炁的差異感也很不明顯。」

「眞能如此？我還以為只是傳說。」劉巧雯睁大眼睛說：「質能轉換……這需要的能量簡直難以想像，能做這種事情的妖怪，人類怎麼可能抵擋得住？」

「嗯……」沈洛年抓抓頭說：「是很強大，但也不是妳想像中那樣……道息濃度高的時候，這種變化會變得比較容易，和過去沒道息的世界不大一樣，而且他們也不會無聊一直變來變去，那還挺耗妖炁的。」

沈洛年一面說，一面越想越驚，連山芷、羽霽那種強度的妖怪，都沒法直接變人，若那些人與她們母親——山馨、羽麗一般強大，誰打得過啊？想到這兒，沈洛年忙說：「總之既然亂殺人，應該就是妖怪，而且能變人的妖怪，我們打不過的……他們應該還會派船回去接人吧？若眞有此事，叫他們告訴大家逃得越快越好。」

「絕對打不過嗎？」劉巧雯說。

「外面絕對不行，這兒道息稀薄……說不定還有一點機會。」沈洛年沉吟著，這高原區排斥道息，妖怪到這兒後，只要離地面越近，能力降低越多，雖然說人類的變體部隊、引仙部隊也一樣會降低能力，但大家不拚妖炁，拚起單純的體能，就有機會倚多為勝了，有些槍彈武器說不定也可以造成傷害……如果白宗那幾個人在的話，靠著鏡子的幫助，說不定還會佔便宜。

想到白宗的人，沈洛年突然一驚，他們在台灣不會有事吧？妖怪會不會殺到台灣去？

「這兒真的可以嗎？」劉巧雯看著沈洛年說：「今夜稍早你召喚來滅火的畢方，若是對人們攻擊，我不覺得……」

「那不是我召喚的……」沈洛年懶得解釋，跳過說：「她是飛在空中以妖炁鼓風，若落地的話……雖然還是比一般人強大，但不會有這種威力，除非是施道咒之術噴火。」

「道咒之術？」劉巧雯訝異地說。

「就是用炁息立約，開啓玄界之門，換來玄靈的力量……」沈洛年說：「炎術、凍術之類的。」

「玄靈？立約？門？」劉巧雯更迷惑了。

「妳以後找瑋珊解釋好了，我也不大會解釋。」沈洛年不耐地說。

「瑋珊會這種法術？」劉巧雯一怔說：「白宗哪有這種東西？你教她的嗎？」

「呃……」沈洛年這才發現自己似乎說錯話了，不過既然說了就說了，他不理會劉巧雯的問題，只說：「空中來的妖怪確實有點麻煩……妳覺得挖些防空洞如何？」

「防空洞？」劉巧雯呆了片刻，突然大喜說：「太妙了。」

「真的嗎？」沈洛年倒不覺得有這麼妙，頗感意外。

「這息壤既然會排斥道息，若在其中開洞，四面八方皆是息壤，排斥的力量自然更大！」

劉巧雯興奮地說：「若上下周圍牆壁，再布置上凝結壓縮的息壤土磚，排斥效力又會更強，在那裡面，妖怪應該也不敢進入。」

「唔？」沈洛年本來只想到，躲在洞裡的話看不出深淺，玄靈之門自然不容易開對位置，可以降低咒術的威脅，卻沒想到劉巧雯一轉眼想到更好用的方法。

「一般人家可以先挖個小型地窖躲避急難……」劉巧雯思索著說：「得召集人開挖大地洞，以後說不定可以設置發電機，過以前的生活……」

「妳可能有東西搞錯了。」沈洛年搖頭說：「洞不能太大。」

「怎麼說？」劉巧雯說：「開口處小一點，排斥力量集中，道息就不會湧入……」

「道息不是空氣，它可以穿透任何物體。」沈洛年說：「越小的房間，排斥道息效果越好，若是一個很高大的房間，牆與牆距離一遠，就和一般地表差不多了。」

「原來如此……」劉巧雯有點失望。

「其他的，妳下去找聰明人陪妳一起想吧，我腦袋轉不快。」沈洛年想拿闇靈法器實驗了。

劉巧雯回過神，看著沈洛年苦笑說：「還有一件事……洛年，那些新來的人，因爲傳聞先入爲主的關係，聽到這兒有縛妖派的人都很恐慌，雖然這邊的人都說你是好人，他們還是很擔心。」

他們擔心我又能怎樣？沈洛年不大明白這話的含意，疑惑地說：「所以呢？」

「嗯……」劉巧雯頓了頓，似乎有點爲難地說：「今夜你召喚的畢方……」

「那不是我召喚的！」要我說幾次？沈洛年瞪眼說：「畢方怎麼了？」

劉巧雯微微一怔，才接著說：「畢方的飛行速度似乎十分快，若可以的話，是不是能麻煩你去一趟台灣那兒，提醒藍姊、瑋珊他們小心那些到處殺人的人形妖怪？」

去台灣嗎？這倒也不是不行……但是……沈洛年望著劉巧雯，這女人似乎是眞有幾分關心白宗的人……但卻也不全然，好像還有別的目的……

劉巧雯看著沈洛年的表情，微微苦笑接著說：「照道理，那些人一路搜索人類，不會這麼快到台灣，如果順便的話，日本、大陸、東亞周圍，希望你也能到處看看……也許還有人需要幫助。」

這也不是重點，沈洛年繼續看著劉巧雯皺眉。

劉巧雯停了幾秒，終於說：「你若離開，那些新來的人也比較安心；今日不少人看到畢方，很多人開始傳言，這兒其實還是會有妖怪……再過一陣子，他們住慣之後，就該不會太擔心了。」

媽的，原來是要趕我走？沈洛年正拿不準該不該發火，只聽劉巧雯忙說：「你若騎著畢方四處逛逛，稍微在各地做點聯繫的動作，等其他船隊回返，消息傳回來，大家自然就不會怕你了。」

「你意思是，如果我不走，他們就會嚇得不敢住下來，會搬走？」沈洛年說。

「也是有這方面的顧慮……」劉巧雯苦笑說：「這世界還有哪兒安全？讓他們遷走，不是害死他們嗎？」

這是謊話……沈洛年突然發現，雖然劉巧雯心思複雜，常常看不出她是不是說實話，但如果自己提問題讓她回答，就比較好判斷了，沈洛年當下說：「不對，妳不斷兜圈子想要我離開，到底爲什麼？」

劉巧雯一呆，一時說不出話來。

沈洛年煩了，揮手說：「巧雯姊，看在過去相識一場的分上，我不說什麼難聽話，妳既然不想說實話就走吧。」

劉巧雯尷尬地站起，轉身之前，苦笑開口說：「洛年，你總是故意裝得蠻橫無禮……但其實遠比我想像得精明。」

沈洛年聽了可是一點都不開心——能看透人心，那是鳳凰換靈的功勞，其實自己一點都不精明，也就是說……自己不就只是蠻橫無禮而已？媽啦，沒這麼嚴重吧！只要沒被惹火，自己有時候還是懂得客氣的！

「打擾了。」劉巧雯輕嘆一口氣，轉頭走出門外。

「等等。」沈洛年忽然站起說：「妳似乎眞有幾分替白宗人擔心，而且有些事情讓妳很煩惱？」

「你……」劉巧雯一怔，望著沈洛年，那是一種驚訝、意外又帶著幾分感動的氣味。

「要不要重來一次？」沈洛年說。

「重來？」劉巧雯不明白沈洛年的話。

「妳有事情想隱瞞我無所謂，但別說謊。」沈洛年說：「把妳希望我幫忙的事情重說一次。」

在中秋的月光下，劉巧雯垂下頭，思考了片刻，這才緩緩說：「我確實希望你離開，到台灣一段時間，但我不說理由的話，你會同意嗎？」

「當然不會。」沈洛年說。

「所以不得不騙你啊。」劉巧雯苦笑說。

「唔……」意思就是理由不可告人就對了，但這世界都變成這樣了，噩盡島上百廢待舉，大家都忙得要命，還有什麼心機詭詐好耍的？沈洛年沉吟著沒開口。

劉巧雯想了想又說：「你和瑋珊他們鋒芒太露，不如避開一段時間，台灣存活人口多，完全撤退大概還要半年，那時再回來，應該就沒事了，畢竟明槍易躲、暗箭難防……你既然這麼精明，我說到這樣，已經很明顯了吧？」

問題是，事實上沈洛年並不太精明，對周圍氣氛變化也不算敏感，他愣愣地看著劉巧雯，除了知道對方說的似乎是實話之外，還是一頭霧水。

「當然，我也擔心那些妖怪會不會眞走到台灣……」劉巧雯輕喟了一聲說：「我該說的已經說完……願不願意離開，就看你了。」說完，劉巧雯也不等沈洛年回答，就這麼飄下山崖。

□

這是怎麼一回事啊？

沈洛年思索著，且不管劉巧雯爲了什麼不能說的理由趕自己走，有專門殺人的強大妖怪出現，可不是件可以當作笑話的事情……但就算自己去報信了，白宗眾人也不可能扔下台灣其他人跑掉，而這種可以變爲人形的妖怪，如果和山馨、羽麗差不多的話，可比上次應付的巨型刑天還要強大，自己去了大概也幫不上忙，只能期待白宗眾人引仙後又有提升，看能不能有一搏之力……

怎辦？要去嗎？要去的話可不能告訴懷眞……啊，不對，難道靠自己飛去嗎？自己可沒辦法像懷眞一樣清楚方位，一定會在大海上迷路，若要找窮奇或畢方幫忙，還不是得透過懷眞？還是乾脆問問她好了。

媽的，才剛從懷眞那兒回來，馬上讓輕疾去找她，說不定還以爲自己捨不得她呢！想來那些妖怪該沒這麼快殺去台灣……今晚先試驗一下這把闇靈法器，一切明早再說，說不定可以順便告訴懷眞好消息。

沈洛年當下把那把闊刃短劍，從血飲袍中取出，一面不自覺地摸了摸自己腰間，本來緊靠著這闊刃短劍的位置，皮膚似乎頗有不適，好像變得有點皺……對了，懷眞說過這傢伙附近東西都乾很快，原來連人體也會受影響……

沈洛年把闊刃短劍抽出劍鞘，上下看了看，這劍的護手、握把上並沒有其他雕飾，看來平平無奇，不過仔細感受，這上面確實有股異樣的氣氛……和道息、妖炁的感覺都不同。

懷眞說，使用這把劍和闇靈聯繫，不需要開啓玄界之門……只需要藉著生命力，就可以換取闇靈之力，比較麻煩的是，不知該怎麼產生聯繫。

首先當然拿所謂的生命初始之源——渾沌原息，也就是道息試試，沈洛年當下用各種不同的濃度，浸染、穿透闇刃短劍，但卻一點效果都沒有。

沒效倒不意外，照懷眞所言，這世界除了鳳凰之外，能這樣運用道息的人也只有自己一個，想啓動這東西，應該有其他「正確」的辦法才是。

下一步測試的，當然就是藉著影蠱透出的妖炁了，沈洛年換了七、八種方法，一樣毫無效果，這個結果，沈洛年也不意外，畢竟闇靈之力的特色，就是沒炁息也可以運用，若得用妖炁才能啓動，也不大合理。

接下來……只能拿這把劍砍自己看看了。

其實沈洛年一開始想到的，也就只有這個辦法，畢竟各種傳說中，血和生命總有牽扯不清的關係，雖然不少是誤傳，但血液對人類存活確實十分重要，而且除此之外，眞不知道還有什麼可以測試了。

沈洛年用劍尖，對指頭戳出一個小洞，擠出一滴血流到劍身上，隨著那小傷口快速癒合的同時，劍身上的那一滴血也跟著迅速地收乾，變成一灘乾涸的血漬，除此之外，仍是沒有什麼變化。

這把劍會吸血？那代表有用嗎？沈洛年又戳了幾個洞，多滴了一些，但除了收乾成爲血痕之外，依然沒什麼效果。

還是要很多血泡著？這也不大對勁吧，對一般人來說，放太多血的話，還沒成功說不定就先死了……而自己這種傷口癒合速度奇快的身體，想放稍多的血液，可不能只開幾個小洞，但開大洞可是很痛的……

沈洛年想了想，拿水沖上劍身，把血漬沖掉，但隨即見到殘餘的水滴就如血液一般迅速收乾，化爲水痕，沈洛年這才知道，這劍不是吸血，只是一個莫名其妙的強力乾燥劑。

若把這傢伙插到水裡會怎樣？會不會搞壞？話說回來，若用這東西來製造肉乾和保存食物，說不定挺好用的？

唉，想到哪兒去了……除了血以外，到底還有什麼東西和生命力有關啊？

沈洛年躺在床上，拿著這短劍，一面輕敲著左手掌心，一面思索，而隨著火堆木料逐漸燒化，屋中漸暗，沈洛年也迷迷糊糊地睡著了。

一夜過去，天色漸亮，陽光從窗口木縫透入，沈洛年朦朧中醒來，發現自己仍抱著那把劍。

昨天挺多事，又晚睡，今天起得似乎晚了點……

沈洛年打個呵欠坐起身，拿起劍，卻發現抱著的胸腹之處可又變成皺皮了，沈洛年吃了一驚，連忙揉上兩下，眼看皮膚慢慢復原，沈洛年不禁暗暗咋舌，若換一個恢復力差一點的人，說不定就這麼皺下去了，這劍還眞是危險。

沈洛年把劍扔在床上，拿水洗了洗臉，一面想……雖然闇靈之力和生命力有關，但產生聯繫未必需要生命力啊，說不定是什麼咒語或動作，如果眞是這樣，怎麼可能猜得出來？

而若闇靈算是某種神祉的話，說不定需要某種儀式，準備一些祭品……

祭品？咦！這有點道理，若用這把劍奪去一條生命，豈不是和生命力非常之有關？

眼看吃的東西也差不多了，今天就拿這劍去抓魚吧！若是魚不行，就找找看有沒有肉多可吃的小妖怪可以宰。

一點也不慈悲的沈洛年，當下興沖沖地把闊刃短劍帶上，提起一個裝魚用的網袋，要出去找犧牲者，剛走出屋子騰起往外飛，他突然微微一怔，轉頭往後看，卻見山下有一大群人，正拿著工具開挖山路，一面鋪設妖藤木夾板，釘上扶手用繩索，慢慢往山上延伸。

這可有點奇怪了，過去眾人上山探勘找適合居住的地方，都是順著山勢尋找易走的路線，在高原靠西處較平緩的山區中開墾，這次爲什麼特別選了一個頗有點陡峭的方位開鑿道路？

沈洛年穿著那大紅袍飛浮在空中望，很快就被人們注意到，不少人高興地對著沈洛年揮手，還有人行禮鞠躬，這麼一來，沈洛年不禁有點尷尬，那些行禮鞠躬的似乎大半是東方人，八成是昨晚房子被燒起來的人，可能把羽麗的功勞誤會到自己身上了……

還是快溜好了，等會兒拿點魚去找鄒朝來大叔，順便要他幫自己解釋一下，當下沈洛年對下方眾人隨便揮了揮手，轉身往海外飛去。

半個小時後，沈洛年帶著滿滿一袋魚往回飛，他一面頗有些喪氣，剛剛殺了好幾條魚，闊刃短劍卻都沒產生變化，莫非魚的生命力不夠？那妖怪的生命力總夠了吧？等會兒去找一隻肉多的來殺！

不過殺太多可吃不完……沈洛年看著這大包還在蹦跳的魚，遲疑了一下，把活的扔回海中，只帶幾條剛剛「試刀」所宰殺的魚回去，準備把這魚送去鄒家之後，再去找妖怪麻煩。

剛飛到了暫時被稱爲「台灣村」的村鎭上方，沈洛年卻發現氣氛不大對勁，眾人不知在熱鬧什麼，這時間，本來大部分男丁應該散到各處去幹活，比如種田、伐藤、建渠、捕魚等等，但這時大多數人們卻似乎正在村外圍搬運著囤積的建材，不斷往山上送，他們打算搬家嗎？

沈洛年落在鄒家門口的同時，周圍許多婦孺發現，紛紛圍了上來，但眾人卻和過去頗有些不同，看著沈洛年時雖然很高興，卻不敢太過接近，只有點崇仰地圍在數公尺外，不時竊竊私語。

這該也和昨晚的事情有關，不過這些人不圍上來倒是好事……沈洛年快手快腳地敲了敲鄒家大門，鄒大嫂一開門看是沈洛年，她一愣，突然合掌對著沈洛年直拜。

這是幹嘛？沈洛年手上提著魚簍網袋，兩手濕漉漉地可不便攙扶，他詫異地說：「鄒阿姨？妳沒事吧？我帶點魚給你們。」

「小弟……不……」鄒大嫂不敢接，頓了頓說：「大家攏說你是神仙。」

「呃？」沈洛年一愣說：「說啥？」

「我們以前實在大不敬……」鄒大嫂其實似乎也有點半信半疑，不過頗有點寧可信其有的味道，她有些惶恐地說：「昨晚大家攏看到神蹟……決定了要在山上起廟，求……縛妖神仙保佑大家平安。」

媽啦！蓋廟？不會吧！什麼叫「縛妖神仙」？隨便把兩個名詞鬥在一起就變新名詞了？難怪劉巧雯要叫自己走人……

「我只是普……」沈洛年說到一半卡住，自己其實也算不上普通人，沈洛年想了想，搖頭說：「我不是什麼神仙，昨晚那仙獸畢方只是剛好來幫忙……」

「你不是神仙……難道是妖怪？」鄒大嫂膽怯地說：「妖怪不會幫人，只會吃人的。」

「唔……」看樣子說不通，沈洛年皺眉說：「阿叔呢？」

「和大家作伙去起廟了。」鄒大嫂說。

「那……鄒姊呢？」沈洛年突然想起，那個大姊似乎比較理性，跟她解釋比較容易，請她幫忙終止謠言好了。

「她……」鄒大嫂有點驚慌地說：「沈……你……神仙……拜託別降罪給伊，伊去種田了。」

她果然不信，太好了……沈洛年遞過魚說：「鄒阿姨，拿去。」

這該算是神仙賜物嗎？鄒大嫂有點害怕地接過，一面說：「我會分給大家吃的。」

沈洛年懶得再說，搖搖頭飛天而起，向著當初陪鄒家父女一起整地的那塊田地飛去。

鄒家種的是菜蔬，鄒彩緞正赤著腳、捲起褲管走在田中，細心地一株株巡視照料，沈洛年在田邊落下時突然想起，自從上次白宗出現之後，就沒和這大姊說過話了，她似乎挺討厭白宗，不知道會不會不想理會自己？

鄒彩緞這時剛巧抬頭，卻見穿著紅袍的沈洛年站在田邊發愣，她微微一驚，起身說：「沈……啊……你……」似乎她也不知該怎麼叫沈洛年。

「鄒姊。」沈洛年開口說：「我剛拿魚去妳家，阿姨說妳在這。」

鄒彩緞表情古怪，似笑非笑地說：「我阿母有沒有對你拜？」

「呃……」沈洛年苦笑說：「我正想找妳解釋這件事。」

「解釋什麼？」鄒彩緞走出田，拍拍手上的泥說：「昨晚你居然叫大隻仙鳥來滅火，嚇死人，這就是縛妖派嗎？好像比其他的都厲害。」

是不是縛妖派不打緊，至少她沒把自己當神仙，沈洛年說：「妳幫我解釋一下，告訴他們我不是神仙，那仙獸只是剛好來幫忙而已。」

「我早就說你不像神仙了，他們才不信呢。」鄒彩緞說：「我不肯去起廟，我爸還罵我一頓，說既然有妖怪當然就有神仙。」

沈洛年也不知該怎辦，只好搖搖頭嘆口氣，看來以後少來下面逛好了。

「有人跟我說，不管哪一宗派的，都不能這樣飛。」鄒彩緞看著沈洛年說：「你如果不是神仙，怎麼能飛？」

沈洛年說：「這只是某種能力……但我還是人啦。」

「這樣喔？每天看你飛來飛去，又一個人住山上，本來就很多人在傳你是神仙了，昨晚發生那種事，大家就決定起廟了。」鄒彩緞說：「我家隔壁，你以前住過那間，好像也要蓋成小廟，讓不方便上山的人拜，反正有拜有保庇。」

「呃？」沈洛年呆了呆說：「等等……妳說山上的廟要蓋在哪兒？」

「就是你住的山崖下啊。」鄒彩緞說：「那兒好像有片空地，幾個村長好像在談，看要怎麼蓋，也有人說要蓋成祭壇、神殿之類的。」

媽啦！若是不巧「香火鼎盛」那不是吵死了？不管要不要去台灣，看樣子都得搬家了……話說回來，若太冷清豈不是挺丟臉的？自己偶爾應該出巡增加信徒嗎？去他媽的。

鄒彩緞見沈洛年張大嘴不吭聲，想了想又說：「不過大家都好高興，說這兒有神仙保庇……有個離開台灣不久就生病躺著的阿婆，昨晚看到你和那隻神鳥，病就好了耶，從床上跳起來拜。還有一個人說他有隻耳朵本來聽不見，昨晚以後就聽見了喔。」鄒彩緞又皺眉說：「看他們這麼高興，我也半信半疑了，你眞不是神仙？」

眞是夠了……沈洛年嘆口氣說：「算了，我走了。」

「等一下。」鄒彩緞突然喊了一聲。

「怎麼？」沈洛年回頭。

鄒彩緞有點遲疑地問：「你和白宗那些人好像很熟，那他們不是壞人囉？」

「他們本來就不是壞人啊。」沈洛年說。

「那說他們壞話的何宗人是壞人嗎？」鄒彩緞遲疑地說。

其實仔細想過去，何宗人……或者說共生聯盟，過去的一些想法都未必算錯，但不知道是什麼原因，就是不大能被人接受……會不會因爲他們總是偷偷摸摸的？沈洛年想了想才說：「只是想法不同吧，應該也算不上壞人。」

「那就好。」鄒彩緞笑說：「我還以爲我被騙了，你不是何宗的，當初怎不跟我說？」

「我早說了。」沈洛年沒好氣地說：「是妳不信。」

「喔？我忘了。」鄒彩緞哈哈笑說。

沈洛年嘆著氣，別過鄒彩緞，這時他也沒心情去找妖怪試劍，直接往崖上的家飛回，眼看著下方眾人正趕著開鑿山路，還不少人對著自己揮手或膜拜，沈洛年忍不住直搖頭，看來眞得去台灣一趟了……一年半載之後回來，那廟應該也沒人理會了吧？

不過……蓋廟這件事，雖然會對自己造成困擾，但劉巧雯不可能把自己當神仙，這對她有什麼影響？何必特地叫自己走？

算了，這些腦袋複雜的人，他們的想法自己實在沒辦法搞懂……回去用輕疾找懷眞吧，看該不該回台灣一趟。

ISLAND
沒有標準答案

「妳們去？」正藉著輕疾和懷眞對話的沈洛年，大吃一驚。

沈洛年眼前，懷眞模樣的小小泥人微笑說：「對，你留在噩盡島，我和小馨、小麗她們四人去，看看是不是眞有那種殺人的妖怪出現，你不是說可能是誤傳嗎？」

「這……」沈洛年愕然說：「妳不嫌麻煩嗎？」

「當然麻煩！」懷眞嘟起嘴，瞪了沈洛年一眼說：「最好是別管，但你一定不肯，讓你去我又得擔心，不如自己跑一趟。」

沈洛年倒沒想到懷眞會這麼決定，遲疑了一下才說：「那這兒起廟的事情怎辦？」

「就當神受祀啊。」懷眞歪頭說：「這有什麼奇怪的嗎？我很久以前也當過啊。」

「呃，先不管我還算不算人，我可不想被拜。」沈洛年說。

「誰教你要一個人躲起來住？」懷眞說：「這樣太不像人類了，要是你和人類生活在一起，就該不會發生這種事。」

「可是住下面很麻煩。」沈洛年說。

「那就沒辦法了。」懷眞攤手說：「眞的嫌吵，就再往山裡頭搬吧，當初住這麼外面，是讓三個小鬼方便下去選人取精元。」

看來也只能這樣了，只要讓其他人看不到自己，應該就會漸漸沒事，沈洛年一轉念說：

「妳覺得巧雯姊爲什麼要我走啊？」

懷眞歪頭想了片刻，搖頭說：「你們人類心思好複雜，我不知道。」

「狐狸精不是應該很奸詐嗎？妳怎麼不知道？」沈洛年埋怨說。

「那是謠言！」懷眞憤憤說：「我們這種與世無爭的仙獸族，怎會奸詐？」

沈洛年忍不住哼聲說：「但是我覺得妳一點都不老實，從認識開始，老是騙我。」

「不要翻舊帳啦……」懷眞吐吐舌頭笑說：「人家只是有些事不想說清楚而已，又不是編造了什麼陷阱害你。」

沈洛年看著眼前這泥人懷眞溜言巧語、含笑微嗔的模樣，不禁微微心動，忍不住說：「要跟我說原因了嗎？」

「什麼？」懷眞一愣。

「妳不能和我太接近的原因。」沈洛年問。

懷眞笑容收了起來，停了幾秒才說：「才過了不到半天……別這麼心急好嗎？」

「好啦，我只是隨口問問。」沈洛年不想勉強，換個話題說：「妳去台灣以後，要怎麼跟瑋珊他們說？」

「萬一眞有那種妖怪……」懷眞眨眨眼說：「我就叫他們快逃囉，回到噩盡島東邊躲起來，會安全很多。」

「可是台灣那兒的人還沒撤光，他們怎麼走？」沈洛年說。

「沒辦法啊。」懷眞歪著頭說：「只好不管了。」

「這樣不行，他們不會走的。」沈洛年皺眉說：「尤其一心那個熱血笨蛋應該不會答應吧？」

「這麼麻煩嗎？」懷眞嘟起嘴說：「自己找死我可不管。」

沈洛年也不說話，就這麼看著懷眞，懷眞停了片刻，忍不住頓足嗔說：「哎喲！還不知道是不是眞有那種專殺人的妖仙……就算是眞的，也沒這麼快就殺到台灣去！到時候再說吧，你這麼急著跟我吵架嗎？」

沈洛年聽懷眞這麼說，不禁苦笑，嘆口氣說：「好吧，不提那件事……蓋咒似乎很困難？」

怎麼突然提到這件事？懷眞微微一怔說：「是啊……怎麼了？」

「妳能不能乾脆放棄吸收道息？我們別蓋咒了，直接解咒？」沈洛年說。

「你不想讓我吸道息了？」懷眞微微一怔，突然板起臉說：「不對，你想亂跑？你忍不住想去台灣嗎？」

「去不去是另外一回事，現在這世界，本來就挺危險的……」沈洛年搖頭說：「我不具備什麼戰鬥力，和妳生命綁在一起，對妳來說太不公平了……只要妳我都眞心放棄，就可以解了不是嗎？至少我是眞心想放棄那個咒誓，這樣我去哪兒也沒顧忌。」

「你眞這樣想嗎？」懷眞突然低聲說。

「當然啊。」沈洛年說：「這咒誓中，我提供道息，妳提供的就是對我的保護，我現在一點都不想要這個好處。」

懷眞看著沈洛年，頓了頓說：「你不想和我直到永遠了嗎？」

沈洛年一呆，卻見懷眞微微側著頭，露出一抹笑容，輕聲說：「我可不是這麼有把握解得開，我很喜歡你呢。」

若她正在眼前，沈洛年可能已忍不住伸手相擁，此時卻只能難過地說：「懷眞……」

「不行的。」懷眞終於搖頭說：「你我互相已經有了好感，除非你體內道息盡失，使咒誓失去存在意義，這咒解不掉的……但那豈不是代表你得死？解咒這條路不用想，還是蓋咒比較有機會。」

雖說妖仙對感情的態度和人類大不相同，但聽著懷眞坦承對自己有好感，沈洛年仍不禁爲之心感，一時說不出話來。

「別提這些了。」懷眞搖頭說：「闇靈研究得如何？」

沈洛年怔了怔，才嘆口氣說：「試了道息、妖炁和塗血上去都沒用，後來殺了幾隻魚也沒用。」

「殺魚？」懷眞微微一愣。

「我想讓這劍結束掉生物的生命試試。」沈洛年說。

「這倒是個辦法，但我想起個之前沒想到的問題……」懷眞皺起眉頭。

「怎麼？等會兒我打算去找小妖怪試試。」沈洛年補充說。

「我不是這意思……你知道生命力包含兩種嗎？」懷眞突然說：「一般俗稱的生命力，指影響發育、活動、成長、體力、恢復力的一種力量，但還有另一種生命力，又叫精智力，影響思考、精神、智慧、判斷力、意志、鬥志等等和心靈、智慧、靈魂有關的部分。」

什麼啊？沈洛年詫異地說：「我聽不大懂。」

「比如說，人類如果精智力大幅受損，就有可能失去智慧、生存意志，變成傻子或死掉喔，所以廣義來說，精智力也是生命力的一部分。」懷眞說：「高等的生命，一般生命力未必豐足，但精智力通常都不弱，才能思考、判斷、解析、學習事情，比如人類或是高等妖怪，都有很豐富的精智力……我聽說過應龍一族，曾在西方蠻地研究出精智力的運用法，想用來對付敖家，但似乎不怎麼實用……無論如何，若所謂啓動闇靈所需的生命力，指的是精智力，那就有點麻煩了。」

「妳的意思是……」

「因爲鳳凰的關係，你的一般生命力很豐富，但是精智力只和普通人差不多。」懷眞說：「不過說也奇怪，人類生命力低落，這方面倒挺強，智慧成熟速度也比較快……」

「大概因爲用腦袋鬥爭了千萬年吧？」沈洛年好笑地說：「這是競爭與演化後的結果。」

「還得意呢，你這笨蛋，在人類裡面，精智力可不算高的。」懷眞白了沈洛年一眼說：「總之萬一是精智力，你更得省著用。」

也不用說得這麼難聽，沈洛年瞪眼說：「知道了。」

「想知道是不是和精智力有關，得殺精智力高的生物，殺魚和小妖怪沒用的。」懷眞說：「找個人殺吧？」

「什麼啊？」沈洛年詫異地說：「怎麼可以？」

「你不是不在乎別人死活嗎？」懷眞詫異地說。

「不在意是一回事，但沒事怎能亂殺？」沈洛年皺眉說。

懷眞沉吟說：「不然你往西飛遠點，找鑿齒殺吧？那個雖然笨一點，也是高智妖了。」

沈洛年卻一樣搖了搖頭說：「雖然他們是妖怪，畢竟有智慧和靈性，沒惹上來何必殺？而且說不定和這根本無關呢。」

「你還眞多規矩！好囉唆！」懷眞嘟嘴抱怨說：「那要怎辦？」

「等以後有人或妖怪來找麻煩，再用這武器殺看看。」沈洛年拿起闊刃短劍說：「我先用道息浸透看看能不能輕化。」

「隨你吧，說不定與精智力無關，若還有想到別的方法就試試。」懷眞反正也是猜測，搖頭說：「你要讓我放心，就快點和闇靈聯繫上。」

「知道啦。」沈洛年頓了頓說：「至於台灣的事情……」

「你別管啦！一直台灣、台灣……」懷眞嗔說：「若眞有危險，他們又不聽話，我就把瑋珊打昏了帶回來給你當老婆，這樣總可以吧？」

「妳又胡扯什麼。」沈洛年皺眉說：「我又不是只爲了瑋珊。」

「大不了全打昏。」懷眞嘟嘴說：「羽麗和山馨少說可以揹十來人，除了白宗那幾個之外還有誰？你把名單列出來！」

「別胡鬧了。」沈洛年嘆口氣說：「妳弄清楚那消息的眞假之後，記得通知我一聲，讓我放心。」

「知道啦……」懷眞瞄了沈洛年一眼，突然說：「欸，臭小子。」

「幹嘛？」沈洛年問。

「我昨晚提過，我會消失一段時間。」懷眞說：「還記得嗎？」

「嗯，妳說不知道要幾年。」沈洛年有幾分擔心地說：「怎麼了？」

「你這樣三不五時就找我，那閉關的日子會提前開始的。」懷眞微翹起小嘴說：「你若還沒領悟闇靈之術，就太危險了。」

「呃……」沈洛年說：「抱歉。」

懷眞目光一轉，帶著一點笑容說：「但是如果那關卡順利度過，也許就能像過去一樣，不用避著你了。」

「眞的嗎？」沈洛年大喜。

「嗯，所以拜託你別亂跑，乖乖在安全地方等我。」懷眞說：「如果你出事的話，那……就全完了。」

「我明白了。」沈洛年點頭說。

「但就算日後在一起，我還是不能跟你……」懷眞俏皮地吐吐舌頭說：「你得找別的女人解決喔，別像上次一樣亂頂一氣。」

「呃……」沈洛年面紅耳赤地說：「別再提這件事了!絕對不會了。」

「是嗎？」懷眞抿嘴一笑說：「話可別說得太早，到時候我可不管你。」

沈洛年有點口乾舌燥，吞了一口口水才說：「別等我老了才度過關卡啊。」

「你既然順利仙化，該沒這麼容易老了。」懷眞莞爾笑說：「只要你不出事，以後日子長著呢。」

結束了和懷眞的通話，沈洛年心情有點複雜，懷眞雖然說以後可以和自己在一起，但畢竟仙獸族不適合有伴侶，兩人終究……

想到這兒，沈洛年輕嘆了一口氣，她度過關卡這件事自己幫不上忙，但自己的心態可得早點調適妥當，若以後和她相處時再次失態，大家都麻煩，不過這種事情，可不是用腦袋就可以控制得住的啊……

現在除了等消息、測試闇靈法器之外……最重要的就是搬家，等會兒出門，飛去更高的山區裡面找找吧，看看有沒有什麼人類爬不上去、山明水秀的好地方，至於下面的人要怎麼拜、劉巧雯打什麼鬼主意，自己都不管了。

□

返回台灣的船隊，在空船快行、順信風西進的情況下，航行了二十多天，已走了大部分的航程，據估計，今日日落之前，應該可以抵達台灣。

這是九月底的清晨，亞熱帶的天氣，在這季節依然悶熱，但每日的晨晚時光，卻已稍帶著些許涼意，再加上潮濕的海風吹撫，若只是個普通人，在這時候多少都會披上外套，才能別無顧忌地欣賞東方海面上初起的晨曦。

白宗眾人自然不是普通人，他們穿著單薄的服裝，提著武器，聚在頂艙外的甲板，但他們並不是爲了欣賞日出的景觀，每個人正都抬著頭，望向空中一個似鳥的小點。

片刻後，那小點逐漸下落，只見他越來越大，數秒過後，那如鳥般的身形泛出妖炁、展翅盤旋，在上方的桅杆頂端繞著大圈。

這鳥般的生物渾身被覆著羽毛，和人類差不多大小，古怪的是，他上半身雖然似鳥，下半身卻似人，還穿著條黑色長褲，再往兩翼翅膀末梢看過去，羽翼尖端居然分別透出一隻手掌，煞是古怪。

不只如此，大鳥的頭部，也沒有一般鳥類的尖喙，就單純像個貼滿短羽絨毛的人頭，他目光中正露出得意的神色，卻不肯接近甲板。

「又在臭屁！」站在下方，左手提件襯衫的侯添良笑罵：「快下來，看到台灣沒？」

「一定看到了啦。」瑪蓮沒好氣地說：「不然他賣什麼關子？」

大鳥離眾人有一段距離，聽不清瑪蓮的話，張口嚷：「阿姊，妳說什麼我沒聽到。」

「快滾下來！」瑪蓮罵。

「遵命！」大鳥一翻身，一對巨翅展開飄落，落在白宗眾人身旁不遠處，這才把巨翅回收疊起，收在背側，身體微微前傾，維持平衡。

「還要當鳥多久啊？」侯添良過去拍了一下說：「還不恢復，臭蚊子。」

這鳥形人正是經「千羽引仙」後，得以妖化展翅的張志文，他維持著鳥形，凸胸踱步笑說：「仙體可以自行引炁，等回滿後再變回去，省得還要麻煩奇雅引，你又怪我找她麻煩。」

「我哪有說過！」侯添良瞪眼說。

「志文。」葉瑋珊微笑說：「變回人形之後，體內存不了這麼多妖炁的，不用等滿了。」

「啊，對。」張志文說：「一時沒想到。」他一面收斂了妖炁，身上羽毛漸漸往體內收，又恢復平常那瘦巴巴的模樣，而且似乎還比過去更瘦了些。

「穿上吧。」侯添良把手上的襯衫扔給張志文。

不只是張志文有改變，侯添良似乎也比過去更雄壯了些，尤其四肢肌肉賁張結實，彷彿刻意鍛鍊過，這自然是「揚馳引仙」的影響。

不只這兩人，黃宗儒、瑪蓮、吳配睿也都比過去更雄壯結實；選擇「煉鱗」的黃宗儒，他那本有點矮胖結實的身體，肩、背、腰變得更爲發達，頗有點虎背熊腰的架式；而本就個兒挺高的吳配睿，「獵行引仙」之後卻是更矯健、修長，彷彿一個充滿彈力的獵豹。

至於也選擇「煉鱗」的瑪蓮，也許因爲男女有別，卻沒有如黃宗儒一般彷彿失去了腰身，不過確實渾身上下肌肉都大了一號，比起過去更健美不少。

張志文正一面穿衣一面抱怨：「只有我引仙變形的時候需要脫衣服，眞是不公平。」

「誰教你翅膀這麼大片，擴張變形的肌肉還延伸到前後。」瑪蓮哈哈笑說：「阿姊上次幫你設計的露背小衣你怎不穿？遇到戰鬥多不方便？」

「那根本是肚兜啊，阿姊。」張志文苦笑說：「只適合女孩子穿吧？要我穿那個不如不要穿。」

「脫光多難看，爲了美觀，以後的千羽還是找女孩子當吧。」瑪蓮嘻嘻笑說。

「瑪蓮姊。」吳配睿吐舌頭說：「敢只穿那個的女孩子也不多吧……男生沒穿上衣還不會太奇怪……」

「很奇怪嗎？我就敢穿！」瑪蓮笑說。

瑪蓮建議的衣服也不算什麼新設計，那衣服上端領口扣住脖子成圈，掩住胸腹，肩背整塊露空，在腰脅間用帶子束起，這樣上半身變形與探出大量羽毛的時候，衣服就不會造成妨礙，但這種肚兜造型，雖是瑪蓮的建議，張志文也不肯穿，寧願赤裸上身。

「衣服是小事。」奇雅望著張志文說：「看到台灣了嗎？」

「應該是吧，遠遠黑黑一塊。」張志文笑說：「我也看不清楚啊。」

「蚊子哥眼睛最好了，還說看不清楚。」吳配睿笑說。

「太遠了啦，不行。」張志文笑說。

「來回又快兩個月了。」黃宗儒遙望著西方說：「不知道他們船艦準備得如何？」

「對了，洛年說何宗避著我們偷偷摸摸造謠。」瑪蓮說：「宗長！回去以後得把他們揪出來。」

葉瑋珊回頭沉吟說：「我這陣子一直在想他們的主張……其實他們一直都挺有道理的。」

「什麼？」瑪蓮一呆。

「他們的基本主張是——人類絕對打不過強大的妖怪、和妖怪合作比敵對更容易生存……」葉瑋珊說：「當初沒人相信，但事實證明，有些妖怪眞是難以想像地強大，若不是恰好出現了噩盡島可以避難，人類連個逃難的地方都沒有呢，何宗的做法雖然有些爭議，但說的似乎總是對的。」

「是說那隻刑天大胖子嗎？」瑪蓮嘟嘴說：「我們現在應該有拚了吧？」

「洛年說過，這世界道息還會繼續增加，也還會有更強大的妖怪出現。」葉瑋珊緩緩說：「而且就算我們現在勉強能合力抵擋巨刑天……也是因爲洛年之鏡啊，別人可辦不到。」

「何宗現在建議大家留在台灣耶。」瑪蓮說：「說要靠妖怪幫忙保護人類，妖怪沒事幹嘛幫我們忙？我不信。」

葉瑋珊露出苦笑說：「其實我也不信，但是以前不信的事情漸漸被推翻了，我也不知道怎樣的選擇才對。」

「對不對我不懂啦，但是他們至少不要偷偷摸摸來陰的。」侯添良皺眉插口說：「這樣讓人亂不爽的。」

「我們離開後，也許他們就敢出面。」黃宗儒說：「藍姊心腸軟，不會拿他們怎樣的。」

「宗儒，你覺得他們會做什麼呢？」葉瑋珊問。

「不知道耶，或者……影響現在花蓮的政治人物？」黃宗儒說：「那些人整天演講，又有群眾魅力，很容易把人民洗腦，而且誰也不喜歡搬去陌生的地方吧，既然有人出面保證安全，選擇相信的人一定是大多數，人們通常比較容易相信自己喜歡的說法。」

「啊？無敵大！」瑪蓮詫異說：「你意思是我們這趟回去，台灣就沒人要去噩盡島了？」

「應該還是會有啦。」黃宗儒聳聳肩說：「多少就不知道了。」

眾人沉默中，張志文笑說：「沒人要去那不是剛好？只要再跑一趟就可以在噩盡島住下了。」

「蚊子說得也對。」瑪蓮皺眉說：「他們既然不怕死，還管他們幹嘛？」

「如果我們也相信何宗的話，又何必搬呢？」葉瑋珊嘆口氣說：「如果不信，又怎能扔下其他人不管？」

「嗯，瑋珊說得沒錯。」賴一心露出笑容說：「我們當初決定加入道武門白宗，就是為了在危難的時候能盡一份力，如果只求自保，就愧對那些我們吸入體內的妖質了。」

「我們去噩盡島也不是去養老啊……」張志文聳聳肩說：「噩盡島上的人們，說不定什麼時候就會開始被鑿齒攻擊，一樣都是保護，我寧願保護相信自己的人。」

這話也不是沒有道理，葉瑋珊目光一轉說：「奇雅，妳覺得呢？」

「保護誰都好。」奇雅說：「當然，為討厭的人拚命總是比較不愉快。」

這話的意思是……奇雅也贊成張志文的看法，寧願早點去噩盡島？葉瑋珊正沉吟著，黃宗儒突然說：「若眞能不搬的話，其實不搬比較好，噩盡島上生活比較困難。」

「會嗎？」葉瑋珊說：「他們不是說土地挺肥沃的？大部分東西都可以種。」

「但礦產不易取得。」黃宗儒說：「要挖透息壤土，直到過去的海床以下才能採礦，不只困難，也難以探勘……現在又只能靠人力開挖，東方高原區息壤堆起了千百公尺，很難挖，往西走又太危險，萬一以後人變多，連菜刀、鐵鍋用的金屬都不夠，那怎辦？」

這一點倒是沒想過，缺乏礦產的影響有多大，這群少年男女也不大清楚，沒想到黃宗儒突然冒出了這個想法，可是都已經搬了一趟了，難道把那群人再搬回來？

眾人思考的同時，吳配睿左看看右看看，突然忍不住說：「怎麼……都沒人要問我的意見？」

這話一說，眾人不禁笑了出來，瑪蓮哈哈笑說：「小睿妳很好笑耶，想說就自己說啊。」

「有什麼奇怪的，也沒人問我啊。」侯添良瞥了吳配睿一眼笑說。

「反正阿猴哥本來就都沒意見。」吳配睿嘟著嘴說。

「也是啦。」侯添良呵呵笑說：「大家都比我聰明。」

葉瑋珊莞爾說：「小睿妳怎麼想？」

「我覺得喔……」吳配睿得意地說：「應該聽洛年的……或者懷眞姊的。」

葉瑋珊一怔說：「他們不在啊。」

「但是洛年和懷眞姊當初都贊成搬啊。」吳配睿說：「那就代表留著有危險，該搬，而且離開之前，洛年提到何宗的事情時，也沒說不用搬。」

這也太沒根據了吧……小睿似乎還是孩子氣了一點？葉瑋珊正不知該怎麼回答，吳配睿已經接著說：「以前我還沒加入白宗……就是大家都相信打得過妖怪的時候，洛年就一直說妖怪以後會很強，大家都會打不過；我們要來噩盡島的時候，他也說很危險不肯來；雖然後來還是來幫我們了，還有息壤的事也是……反正我覺得他都沒說錯過，所以我投洛年一票。」

大夥兒聽得一愣一愣，瑪蓮突然詫異地說：「小睿妳是不是喜歡洛年啊？」

「不是啦！」吳配睿紅著臉跺腳說：「人家很認眞的！」

「妳要是變心了無敵大會傷心的喔。」張志文嘻嘻笑著開玩笑。

黃宗儒對這種玩笑也聽慣了，搖搖頭沒說話；吳配睿則瞪了張志文一眼，嘟起嘴說：「洛年根本不喜歡我。」

「妳怎麼知道？」張志文順著話尾說：「他還特別兩次幫妳加入耶，他現在和懷眞姊分手了不是嗎？大好機會啊。」

「哼！不用了。」吳配睿想起老張排骨飯的往事，嘟起嘴說：「他對我沒興趣，我以前就問過了。」

瑪蓮好奇地說：「妳怎麼問的？」

吳配睿一怔，這才發現說溜嘴，她有些尷尬地紅著臉搖頭說：「別問了！瑪蓮姊。」

「咦？」侯添良詫異地說：「你們難道當眞交往過？」

「沒有啦！」吳配睿頓足說：「不要問了，再問我要進去了。」

大夥兒知道吳配睿臉嫩，不好催逼，但又不禁想把這個故事套出來，大家你望望我、我望望你，正不知該如何誘拐吳配睿鬆口時，上方突然傳來一道柔美的女聲：「小睿，我也好想知道耶……」

眾人一驚抬頭，下一秒鐘，每個人都張大了嘴，一起嚷了起來：「懷眞姊！」

那人正是懷眞，只見她穿著件白色連身長裙，輕飄飄地坐在上方桅杆的橫木上，笑咪咪地看著大家。

眾人大喜之餘，突然想到，不過前一剎那才提到她和沈洛年分手的事情，她應該聽到了吧？這下可尷尬了。

一夥人不但知道兩人不是姊弟，還認爲兩人曾交往又分手的事，沈洛年並沒告訴懷眞，她剛剛在上方聽到，確實有點意外，不過她也不多問，飄下桅杆落在眾人身旁，一面笑說：「洛年要我來幫忙的，你們都好嗎？」

難道這兩人又復合了？但這話就連最憨直的侯添良、瑪蓮也不敢問，每個人都表情古怪地互相偷瞧，懷眞看看眾人不開口，目光一轉，微笑說：「怎麼都愣住了，不歡迎我嗎？」

如果拿對八卦有興趣的程度來排名，賴一心應該算是這群人中最低的一個，他首先恢復正常，開口笑說：「懷眞姊，當然歡迎啊！妳和洛年一樣，都感應不到炁息，嚇我們一跳。」

「懷眞姊……那個……」瑪蓮吞了一口口水說：「是……洛年要妳來的？」

「對啊。」懷眞一笑說：「因爲聽說你們可能會有危險。」

「什麼危險？」葉瑋珊訝然問。

「洛年聽人說，有群很喜歡殺人的厲害妖怪出現，不知道什麼時候會發現台灣。」懷眞眨眨眼說：「如果我猜得沒錯，那種妖怪恐怕很強，你們最好盡快帶著人躲回噩盡島。」

有這種事？眾人都吃了一驚，雖然不明白懷眞和沈洛年怎麼知道的，但就像吳配睿所說，懷眞和沈洛年，過去說過的事情幾乎都應驗了，不信也難，賴一心大驚失色地說：「不可能啊，船隊至少還要運四、五趟，得花半年……不，十個月的時間。」

「我剛聽你們提到……有人不想走，不是嗎？」懷眞說：「讓那些人留著，其他的人一次走，船不夠就趕在兩個月內做起來，就可以一起出發。」

「懷眞姊，不行啊。」賴一心睜大眼睛說：「那留下的人怎麼辦？」

「一心小弟，你到底在想什麼啊？」懷眞微嗔說：「如果來的不是妖怪，是……那個什麼……啊，炸彈！假如預計會來的，是某種很大很大的炸彈呢？」

賴一心不大明白懷眞的意思，一呆說：「懷眞姊，什麼炸彈？」

「比如說，明知道有個大炸彈要爆炸，但有人不相信，因此不肯走，你幹嘛留下陪死？」懷眞說。

「可是炸彈不是妖怪啊。」賴一心呵呵笑說：「妖怪還可以試著應付看看。」

「幹嘛找自己麻煩？一樣會死的。」懷眞頗有點不高興，若非喜慾之氣效力大減，這死小鬼怎麼會這麼不聽話？

難得看到懷眞生氣，眾人都有點意外，葉瑋珊見狀，打圓場說：「一心，如果眞有強大妖怪來犯，我們也可以盡量宣導，讓大家相信我們啊。」

「那樣的話，船就會不夠吧。」賴一心抓頭說。

「所以你一定要陪死就對了？」懷眞白了賴一心一眼：「還是你以爲自己可能打得過？」

懷眞一面忍不住想，要不要找羽麗或山馨來教訓一下這小子？就怕她們下手不知輕重，萬一不小心搞死了麻煩……

「可以的話，我倒眞想挑戰看看，但那不是重點。」賴一心尷尬地笑了笑說：「我只是認爲，在那種場合總有點事情是我可以做的，要我什麼都不做就這樣離開，實在不行。」

算了，這講不聽的笨蛋，若確定眞有妖怪要來，到時候偷襲打昏帶走便是。懷眞目光掃過其他人說：「你們呢？和一心一樣嗎？」

「這是公事，懷眞姊。」奇雅接口說：「我們雖會討論，但做決定的是宗長，您不用在意其他人的看法。」

「問瑋珊就對了？」懷眞一笑轉頭，看著葉瑋珊說：「瑋珊若是決定要走，一心小弟也得聽話，是不是？」

理論上是這樣，但……葉瑋珊尷尬地說：「懷眞姊，反正還有時間，讓我們商議一下好嗎？」

「好吧，我也去確認一下是不是眞有這種妖怪，免得你們心存僥倖……你們討論幾天之後，我再去找你們問結果。」懷眞側頭想了想說：「我已經去那小島……去台灣逛過了，人群聚集的東岸城市港口，又多了不少船，不過木料有點不足，附近似乎都砍光了，我幫你們弄些木頭建船吧。」

「懷眞姊怎麼弄啊？」瑪蓮好奇地問。

「找人幫忙囉。」懷眞對眾人一笑，身形緩緩飄起，似乎準備離開了。

「懷眞姊。」葉瑋珊忙叫。

「怎麼？」懷眞凝止下來，回頭看著葉瑋珊。

「那個洛……洛年……」葉瑋珊遲疑了一下，似乎說不出口，吳配睿見狀搶著開口說：「懷眞姊，洛年不來幫忙嗎？」

「我既然來了，他就不會來的。」懷眞的笑容帶著點苦澀，輕嘆一口氣，搖頭說：「我們現在不方便碰面。」

看來還是分手了，吳配睿吐吐舌頭退了回去，不敢再問，葉瑋珊可也有點尷尬，暗暗自責，怎會突然結巴起來，這樣豈不讓人以爲眞有什麼不可告人之事？

「對了。」懷眞目光一轉，看著葉瑋珊說：「洛年有教妳遠距離聯絡的方法嗎？」

葉瑋珊遲疑了一下說：「他說……懷眞姊不想教人。」

「是嗎？」懷眞露出一抹笑容，側頭自語說：「臭小子倒還把我的話放在心上……」

葉瑋珊沒聽清楚，詫異地說：「懷眞姊？」

「沒什麼。」懷眞湊近，露出笑容低聲說：「那個法門現在不能教，等天下太平了才教妳。」

天下太平指的是他們兩人的關係嗎？懷眞是防著自己嗎？總是想太多的葉瑋珊不禁有點尷

尬，只能低頭說：「多謝懷眞姊。」

「我先去台灣等你們。」懷眞對眾人揮了揮手，緩緩飄起，向著西邊台灣的方向飛去。

看著懷眞緩緩飄離遠去的身形，眾人一時都沉默了下來，過了片刻，張志文突然開口笑說：「我似乎也可以先飛去台灣喔，省得在海上慢慢漂。」

「去啊。」瑪蓮哼了一聲，白了張志文一眼說：「懷眞姊還沒走遠，來得及追上。」

「不了，留在這兒比較快樂。」張志文嘻嘻笑著，眼睛一轉，看著瑪蓮說：「阿姊妳在吃醋嗎？」

瑪蓮一愣，隨即開口罵：「死蚊子臭美！」跟著拔起刀，對著張志文直砍，張志文連忙縮著脖子逃命，兩人一追一逃，一下子跑不見人影。

反正張志文眞要躲的話，瑪蓮很難砍到他，倒也不用太擔心，眾人不理會那兩人，彼此望了望，賴一心忍不住說：「你們眞的……都覺得該扔下那些人嗎？」

奇雅看賴一心一眼，語氣平淡地說：「就算是，你會改變想法嗎？」

賴一心想了想，搖頭說：「我不知道，我希望不要扔下任何人。」

眾人沉默了片刻，黃宗儒才緩緩說：「一心說得也有道理，不過白宗是一個整體，拆開來就什麼都做不到了，每個人可以有自己的想法，但有爭議的時候自然該由宗長決定。」

賴一心怔了怔，回頭望向葉瑋珊，見她也正擔心地看著自己，賴一心只好乾笑說：「我會照妳決定做的，但是我們先好好商量一下，再決定好不好？」

葉瑋珊不禁苦笑，就算自己拗得過賴一心，難道忍心看他不快活？就算賴一心被說服了，難道眞不管那些留下的人？那可是幾萬條性命啊……但若眞如懷眞所言，敵人是十分強大、無可抗衡的妖怪，若貿然留下，除了陪死，眞的沒有其他意義。

可眞是兩難，現實人生不像在學校裡考試，總沒有標準答案……葉瑋珊轉頭望著海面，緊皺著眉頭，輕嘆了一口氣。

ISLAND
王中之王

午後夕陽還沒落入西面中央山脈之前，從噩盡島返回的船隊，先後駛入花蓮港，幾艘航行較快的小船先行抵達、把消息傳出去後，許多人擁來港口迎接，各黨派的政治領袖、黃齊、白玄藍夫妻，李翰和部分的引仙部隊，加上許多民眾，把港口擠得水洩不通。

白宗眾人由船頭往下望，不禁有點意外，迎接船隊的人數，怎麼比過去送行的還多？看這狀況，何宗的影響力似乎並沒有眾人想得嚴重，葉瑋珊等人稍微安心了些，在朱清中校、丁樹豪、陳淑妃等三人之後，踏上台灣的土地。

下了船，近距離看到迎接的人們，眾人更吃了一驚，其中居然有不少是當初噩盡島上見過面、原屬總門或其他宗派的變體者。

和兩黨代表簡略寒暄之後，葉瑋珊抽空和那些變體者一對話，才知道當初變體者們護送檀香山居民搬遷噩盡島後，也紛紛造船返鄉，散回世界各地……其中來自中國大陸東南閩粵地區的不少變體者，糾集少部分存活的人類後，紛向台灣花蓮港集中，想先與能力強大的白宗會合，再考慮往後的行動，難怪花蓮港不只是人口變得比過去還多，連船也增加了不少。

葉瑋珊乍聽之下，不免一頭霧水，對方想來找白宗庇護並不奇怪，但怎麼知道台灣人們聚集在花蓮？正想詢問，又另外有人擠了過來問候，另一面兩黨人員也在詢問接風洗塵宴會的安排，更有不少想接近白宗的一般人民在旁湊熱鬧，周圍越來越是紛亂，雖有部分軍警嘗試著維持秩序，但在這種局面下，管理起來也頗有點吃力。

眼看這樣亂下去不是辦法，白宗等人只好先離開港口，回眾人過去暫居的地方，也就是那原屬美崙山公園的生態展示館，至於其他的安排、邀宴，只好另外再處理。

而噩盡島狀況與搬離台灣的迫切性，那兩名隨船代表——丁樹豪、陳淑妃，應該有了一定的了解，就先由他們倆把所知傳遞完畢，至於另有強大妖怪出現的事，還是白宗內部先做一個統合，並等懷眞確定消息的眞實性之後，再作道理。

葉瑋珊等人先把懷眞帶來的重要消息，告訴白玄藍等人，跟著才提到何宗的事，不過李翰和白玄藍等人，對此似乎有點迷惑，對看了看，白玄藍這才搖頭說：「這段時間沒看到何宗的人呢。」

「啊。」李翰突然說：「難道是何宗說的？」

「李大哥。」葉瑋珊轉頭說：「你指的是……？」

「那些搭船逃來的人，我問過他們，怎知台灣人集中在花蓮……」李翰說：「他們說台灣有人過去，通知他們先到這兒來，還告訴他們這兒短時間內沒妖怪，比較安全。」

「台灣有人跑去？」眾人一呆，這種天下大亂的時候，怎還有人這麼亂跑？不怕危險嗎？

「會不會是何宗一群人？他們都是變體者，若沒帶普通人，小心點的話，自然去得成。」

李翰說：「而且現在花蓮外圍狗妖越來越多，雖然不算強，但幾乎四面八方都佔滿了，只要出去就免不了要戰鬥……他們如果藏在花蓮不遠處，想不驚動狗妖不大可能，如果藏在遠處，又有什麼意義？」

聽來有道理，但何宗人既然宣揚要眾人留在台灣，怎麼自己先跑了？

「也許他們知道我們就快回來，所以先溜了？」瑪蓮笑說。

「沒必要吧？」張志文抓頭說：「當時在歐胡島上，大家不是都化敵爲友了嗎？他們又不知道消息洩露了。」

「我是有聽到一些傳聞。」李翰沉吟說：「似乎確實有少數人不想離開，我想這也是人之常情，沒有多留意……」

「既然沒有造成大影響，這件事就先放著。」葉瑋珊望著眾人說：「接下來的問題就是能不能讓這麼多人一次離開，懷眞姊特地趕來報訊，我們得給她一個答案。」

「現在人變更多了，那不是更走不了了嗎？」吳配睿問。

「雖然人口變多，但新遷來的人自己有船，船隻需求量並沒有增加，反而增加了人手。」

黃宗儒搖頭說：「主要問題是材料和建造速度……懷眞姊說可以幫忙取得木材，不知是……」

「這確是現在的困擾，市政府那兒也和我們討論了好幾次，懷眞小姐可以解決？」李翰詫異地說。

「什麼市政府？」眾人一愣，過去不是叫臨時政府嗎？

「剛剛還沒來得及說清楚。」白玄藍接口說：「為了管理方便，那兩黨暫時聯合組成了一個小型議事政體，暫時推舉人福黨黨主席嚴勘威當臨時市長，而議長則是民重黨的梁明忠擔任，那兩人今天都有去。」

就是港口接人那一大群中，站最前面那一高一矮吧？過去常在新聞媒體中出現的政治人物，早就死得差不多了，前陣子大家又忙，現在冒出頭的人到底是誰，其實眾人不很清楚，此時也聽過便罷，葉瑋珊略過此事，接著剛剛的問題說：「當初選擇暫居花蓮，就是因為這港口離山林比較近……還是不夠嗎？」

「附近確實砍光了，但只要往西入山區一段距離，還是有大片原始林。」李翰接口說：「但因為狗妖猖獗，要入山不只需要大隊人手，還十分危險……而若是為了砍伐木料派出大批引仙部隊隨行，又怕花蓮這兒危險。」

「嗯……」葉瑋珊點頭思索著。

李翰又說：「如果懷真小姐真的可以想出辦法解決木料問題，造船人手反而比較好處理，這兒已經有千餘名引仙部隊，再加上宗長帶回來的數百人，只要大家輪班幫忙，木料搬運、粗製等工作都會進行得十分快，只要有經驗的造船師傅帶領組建即可。」

「兩個月內可以造出足夠所有人離開的船隊嗎？」賴一心忍不住問。

「這是懷眞小姐訂下的期限嗎？」李翰皺眉說：「雖說不用重視外觀，但似乎還是趕了些……我得找些造船師傅問問看。」

若眞有足夠的木料，也許有機會能兩全其美？等懷眞出現，得告訴她這好消息……葉瑋珊心情放輕鬆了些，露出笑容說：「那麼這兒還有發生什麼事情嗎？」

「除了不時有人被狗妖偷襲所傷外，倒是還好。」李翰有點氣憤地說：「引仙部隊雖有辦法抵禦狗妖的大舉攻擊，但偶爾有少數趁隙竄入防禦圈，躲在田裡偷襲，卻防不勝防。」

「我和奇雅分頭巡一圈，應該可以找到一些躲起來的。」葉瑋珊沉吟說。

「宗長還有事情要處理，我去就好。」奇雅接口：「趁著天色還沒全暗，我和瑪蓮先去巡一遍。」

只有一組搜尋會不會太辛苦？葉瑋珊正想開口，張志文突然眨眨眼說：「宗長，我從天空找應該也挺方便的，我也帶一組去巡如何？」

聽來不錯，葉瑋珊點頭說：「你和添良一起嗎？」

「可以把阿猴和阿姊換嗎？」張志文笑說。

「我才不要和阿猴換！」瑪蓮瞪眼。

「阿姊別這樣。」張志文一臉認眞地說：「奇雅也都說——『不可以自作主張，要聽宗長吩咐』。」

「呃？」瑪蓮一愣，倒不知該怎麼反駁。

「我沒意見。」葉瑋珊忍笑搖頭說：「你們自己決定吧。」

「那當然不要！」瑪蓮得意地說。

「唉……」張志文嘆息說：「宗長實在很不幫忙耶，自己幸福美滿，也要幫下面的人安排一下啊。」

葉瑋珊臉微微一紅，正不知該如何反應，吳配睿已經開口說：「我和無敵大呢？我們也可以幫忙殺妖怪。」

「小睿妳不先去看一下爸媽嗎？」葉瑋珊說：「我等會兒也會陪一心去看一下賴媽媽。」

吳配睿卻眉頭微皺，搖頭說：「沒關係，我先做事，沒什麼好看的。」

經過這段時間，眾人都已經知道，吳配睿和家人處不好，彷彿比陌生人還要疏遠，但她總不肯說明原因，大家也不好每次問，葉瑋珊只好說：「那麼……宗儒去保護奇雅；小睿戰鬥力強，幫忙志文這組除妖吧。你們趁天還亮先去，我跟李大哥、舅舅、舅媽解釋一下引仙的事情之後，和一心也四處看看。」

李翰忍了許久，這時終於忍不住露出期待的神色，剛在港口碰面，葉瑋珊就已經簡略提及，但還沒時間細說，總算正事討論完畢，可以開始談這方面的問題。

當下白宗六人分成兩組，各自安排了搜找的位置散出，葉瑋珊則把引仙和變體修煉兩者的異同與利弊，大概告訴白玄藍、李翰等人，讓他們自己做決定。

「原來身體適應之後，還可以繼續吸下去？」李翰聽完，詫異地說：「我這段時間倒沒去測試。」

「那應該可以試試。」葉瑋珊說：「一心就打算繼續。」

「我也只是想了解變化而已。」賴一心接口說：「妖質慢慢也會不夠，最後還是得考慮引仙。」

「這倒還好。」李翰說：「我讓引仙部隊學會提煉妖質的道術，效果還不錯……這幾個月已經回收了幾十公升。」

葉瑋珊吃了一驚，詫異地說：「台灣還有原型妖出現嗎？」現在原型妖已經很少，怎還能提煉這麼多妖質？

「不，狗妖之類的靈妖，雖然不容易取出妖質，但還是可以提煉。」李翰說：「引仙部隊妖炁可以外散，提煉效率只比發散型的差一些，部隊有千多人，每人有空就萃取一點，集合起來就不少。」

「但他們用不到妖質啊……」葉瑋珊詫異地說：「讓他們做這種事情，不會太過分嗎？」

「一方面讓他們把耗用掉的繳回；二來也可以先存著未來引仙的分量。」李翰說：「還有多的，有些人就用來和一般人民換食物衣服等生活用品，也挺受歡迎的。」

「換物？一般人要那個做什麼？」葉瑋珊說：「也爲了引仙嗎？」

「對啊。」白玄藍接口說：「偶爾會有人拿著妖質來拜託，既然有妖質……我也不好拒絕，每次狗妖大舉入侵，之後萃出的妖質都會讓我忙好一陣子……」

「舅媽，部隊還不夠妳忙嗎？」葉瑋珊意外地說：「怎還有時間幫一般人引仙？」

白玄藍微笑說：「盡量囉，每天抽一點時間。」

「那怎麼還有時間累積咒術能量？」葉瑋珊擔心地說。

「沒關係啦。」白玄藍說：「多點戰力也是好事，書上也說，道咒能量累積，隨著和玄靈熟悉程度的不同，會有不同的上限，我現在該也存不了多少。」

「沒這麼快就滿。」葉瑋珊低聲說：「舅媽，我這趟回航不用忙這些事，好不容易才存滿，而且引炁過度會傷神的。」

「別擔心。」白玄藍說：「妖怪一來，這些人都能幫忙，多一點總沒壞處。」

「那之後我來吧。」葉瑋珊說：「只要沒戰鬥，暫時我沒法存。」

「妳把炁息用在吸納妖質吧。」白玄藍搖頭說：「還是我先來，反正我沒事。」

葉瑋珊正想繼續說，突然想起李翰等在一旁，這時不適合和白玄藍爭執，只好先不提此事，她轉頭說：「既然懷眞姊說沒有壞處，兩種路線都可以繼續修行，那麼要繼續吸收妖質還是引仙，李大哥、舅舅、舅媽可以多考慮一段時間才決定。」

「宗長，請問引仙之後，該如何修煉？」李翰問。

「懷眞姊沒有說得很清楚，只說把妖炁凝聚在體內各處，就會逐漸提升肉體仙化的程度，增加能引入的量。」葉瑋珊說：「瑪蓮他們也都在揣摩。」

「而若不引仙，就得靠著不斷吸入妖質來仙化？」李翰沉吟說：「這樣聽起來，似乎引仙比較划算？至少不用藉著外物提升。」

「翰哥說得沒錯，對內聚型的來說似乎是如此。」賴一心插口說：「不過發散型的，引仙後對外感應應該會降低不少，所以不很贊成。」

「眞的嗎？」白玄藍轉頭說：「我本來對千羽挺有興趣呢……齊哥你呢？想引仙嗎？」

「妳要我引仙嗎？」黃齊笑說：「會變形喔。」

白玄藍露出微笑，想了想，側頭輕笑說：「讓我考慮考慮。」

且不提這兩夫妻如何決定，三個年輕人正繼續討論著變體和引仙的區別，賴一心經過這段時間，自然又有不少的體會和想法，他本是知無不言、言無不盡的個性，當下對著李翰滔滔不絕，說個不休。

討論了好片刻，葉瑋珊見李翰漸漸地問題越來越少，思考時間越來越長，似已逐漸了解，但賴一心卻似乎還意猶未盡，忍不住好笑地說：「一心，好了吧？」

「啊？」賴一心一愣回頭。

「讓李大哥自己想想吧。」葉瑋珊說：「先去和賴媽媽打個招呼。」

「對！翰哥，我先去看看我媽，晚點再聊。」賴一心站起，回頭對葉瑋珊說：「一起去嗎？」

「嗯。」葉瑋珊早已站起，兩人對眾人打過招呼後，正要並肩往外走的時候，突然地面一陣晃動，葉瑋珊和賴一心微微一怔，停下腳步說：「地震？」

「最近常這樣。」白玄藍倒似乎沒什麼感覺，接口說：「噩盡島不會嗎？」

葉瑋珊說：「似乎沒這麼嚴重。」其實從半年多前，道息逐漸瀰漫的時候，就常常有輕微、不明原因的地震，眾人也都習慣了，很少去特別注意，不過這麼強烈的倒是比較少見。

「如果噩盡島那兒不會地震，倒眞是個不錯的地方。」李翰接口說：「這一個多月來，每隔三、五天就會來一次稍大點的地震，造成不少工程意外……現在和各處都訊息不通，也不知道是不是全球性的。」

「如果這一個月左右才開始的話，我們正在航行，也不大清楚。」葉瑋珊說。

「也對。」白玄藍微微一笑說：「你們倆快去吧，不然天色要黑了。」

葉瑋珊和賴一心被這一言提醒，連忙告退往外走。

□

賴一心母親只是一般人，不便住在山上，所以孤身一人住在港區中，還好賴母個性開朗健談，不管住在哪兒，很快都會交到朋友，過去她是小學老師，現在在港區平日也帶著一群小朋友唸書，倒也不覺寂寞。

臨出門前，葉瑋珊突然一頓腳步，轉頭對賴一心說：「一心，如果現在民間有妖質在流通，你覺得……要不要幫賴媽媽存一些？也幫她變體或引仙？」

「以前不是說只收十五歲到三十歲之間的人嗎？」賴一心愕然問。

「那是門派裡面收人時訂的限制。」葉瑋珊沉吟說：「如果是私存的妖質，應該不用受這限制？」

賴一心抓頭說：「那我過去吸入體中的，算是私用的還是門派的？」

「當然是門派的啊。」葉瑋珊說：「我們過去又沒有私存。」

「那這樣說不通吧？」賴一心笑說：「我自己用就算宗派的，然後另外私存一些給我媽用？好像怪怪的。」

葉瑋珊也有點遲疑，皺眉說：「聽起來是有點怪，但大家該不會見怪吧？畢竟引仙後比較安全。」

賴一心想了想，皺眉說：「妳覺得我媽會答應嗎？」

葉瑋珊微微一愣，思索了一下才說：「賴媽媽可能會怕……別人誤會你？」

「嗯……不只是我，還包括了白宗的名聲。」賴一心說：「除非大多數人都引仙了……不然我媽不會答應的，她最討厭別人靠關係、走後門。」

葉瑋珊也不是不知道，賴一心母親雖然很好相處，但這方面卻十分堅持，若貿然對她提出這種事，說不定還會挨罵，想了想，葉瑋珊吐吐舌頭說：「那我們還是別提這件事。」

「我也這麼想。」賴一心呵呵笑說。

兩人往外走出門口，剛要往山下飄，卻見下山道路的另外一端，一對三、四十歲的男女正氣喘吁吁地快步走了上來。

兩方目光一對，那對男女臉上露出笑容，對著兩人直揮手，一面加快腳步往上走。

「是吳伯伯和吳媽媽。」賴一心說：「他們是來找小睿的嗎？可是小睿走了耶。」

「小睿不知道爲什麼很不想和他們兩人碰面，問她也不肯說。」葉瑋珊微微皺眉，低聲說：「不過……其實我也不大喜歡吳伯伯……」

「怎麼了？」賴一心問。

「沒什麼。」葉瑋珊眼見對方走近，不好多說，微笑迎上說：「吳伯伯、吳媽媽，找小睿嗎？她出任務去了呢。」

男子聽到葉瑋珊的言語，卻沒露出失望的表情，反而似乎有點高興，臉上滿是笑容，客氣地說：「沒關係，我們想和宗長商量……一點事，兩位現在有事要忙嗎？」

這人正是吳配睿的父親吳達，是個還算結實、小腹微凸、四十餘歲中年男子，有一對稍小的眼睛，他說話時，那對小眼睛常常左右轉個不停，看來不大正派，這也是葉瑋珊不大喜歡他的原因之一。

至於吳配睿的母親柯賢霞，是個三十餘歲的青年女子，這本該是女子最具成熟美和自信的時候，不過她卻有點畏縮地跟在男人後面，只靦腆地對著兩人微笑點頭。

葉瑋珊聽到對方的問題，不禁有點意外，原來是找自己的？葉瑋珊說：「沒什麼，我和一心本來準備趁天沒黑下山一趟……吳伯伯有事可以先處理，請進來談吧？」

吳達目光一轉說：「葉宗長，裡面還有別人在嗎？」

「我舅舅和舅媽在，還有李隊長。」葉瑋珊說：「怎麼了嗎？」

「沒什麼。」吳達笑說：「只是件小事，這兒說說就好了。」

葉瑋珊也不勉強，點頭說：「那麼……有什麼我們可以效勞的？」

「我們一直有個困擾。」吳達正色說：「小睿根本還未成年，似乎不該讓她從事這種危險的工作。」

葉瑋珊倒沒想到會聽到這句話，她遲疑了一下才說：「吳伯伯的意思是……不願意讓小睿留在白宗，繼續和妖怪戰鬥？」

「當然不是。」吳達忙說：「現在大家都靠你們保護著，這也是沒辦法的事情。我意思是，在情理上，這方面是應該經過父母同意的……至少我們要保障小睿不會吃虧。」

吃什麼虧？葉瑋珊迷惑地說：「我們對待小睿……難道有什麼不妥、需要改進的地方？」

「宗長誤會了，我指的是……」吳達乾笑說：「小睿以前跟大家修行練功，那沒有什麼不妥，但是到處對付妖怪，在世界各處奔波，爲大家這樣付出，卻什麼回報都沒有，這樣怎麼說都不對啊。」

賴一心開口笑說：「吳伯伯，不只是小睿，我們也什麼都沒有啊。」

「我知道啊，你們這樣也不行！早些兒天下大亂，大家都苦，有力出力沒話說，但是現在也慢慢穩定下來了，不能老這樣做白工啊。」吳達搖頭說：「我和黃大哥、大嫂提了幾次，他們都說要等宗長回來自己決定，我只好找宗長談啦。」

葉瑋珊眉頭微微皺起，自己一直沒想到這方面的問題，不過吳達這些話也不能說沒道理，就算自己不介意，讓白宗其他人跟著吃虧，似乎也不大妥當……

「我這段時間和市長碰過好幾次面了。」吳達呵呵笑說：「這件事情如果宗長不便出面，我可以代替諸位和臨時政府洽談，至少該爭取個合理的對待啊，就算是維持秩序的警察和部隊，至少也有食物、衣物配給啊，何況是最重要的白宗諸位？」

「有啊。」賴一心詫異地望著葉瑋珊說：「這些都有人提供不是嗎？」

葉瑋珊點點頭，目光轉向吳達說：「我想吳伯伯想要的不只是這些。」

吳達咳了一聲說：「這是當然的，諸位付出這麼多，只取得基本生活所需，也未免太離譜了，且不說白宗，現在大部分的引仙者，也開始私煉妖質儲存、換物，或者幫親人引仙，不也是因爲沒有適當的回報嗎？」

葉瑋珊聽來聽去，大概懂了，目光一轉說：「吳伯伯，我們並不想成爲臨時政府編制下的一個單位，所以不適合領薪水之類的報酬。」

「那也沒關係啊。」吳達說：「可以以簽約雇傭的方式合作啊，也可以用妖質來做交易……」

葉瑋珊截斷了吳達的話，微笑說：「吳伯伯、吳媽媽想引仙嗎？」

吳達一怔，尷尬地笑了笑說：「這……這倒是不強求啦，不過如果我們小睿賺的妖質夠我們用，我和她媽媽也願意出一份力。」

葉瑋珊倒不介意這件事，畢竟一兩個人引仙所耗用的妖質不多，她剛也正和賴一心商量替他母親引仙的事情，只怕賴一心母親不肯而已，而吳配睿這段時間也出了不少力、冒了許多風險，幫她父母增加自保存活的能力也是理所當然，而且既然是自己人，可以考慮幫他們直接永久引仙……

話說回來，若當初自己父母也已變體就好了，也許現在他們就不會失去訊息……葉瑋珊想起自己父母，神情不免有些感傷，正難過時，吳母柯賢霞突然有點擔心地說：「宗長，沒有也沒關係的。」

吳達眉頭皺起，回頭怒目低聲說：「多嘴什麼？」

柯賢霞一驚連忙低下頭，不敢說話。

怎麼回事？葉瑋珊收起心中愁緒，回過神來，有點意外地看了兩人一眼，雖然葉瑋珊挺討厭會凶老婆的男人，但別人夫妻間的事也不好干涉，她裝作沒看到，緩緩說：「薪資、福利之類的不急，等整個局勢更穩定之後再說，但如果吳伯伯和吳媽媽也要引仙，看在小睿的分上，這不是問題，我可以幫忙。」

「那就太好了，拜託宗長。」吳達臉上都是笑容，吳母也跟著笑了起來，兩人都很高興。

「至於哪種引仙方式比較適合，兩位不妨和小睿商量一下，決定之後再約時間如何？」葉瑋珊說：「我和一心辦點事之後，想在天黑前去巡一下邊界。」

吳母遲疑地說：「先找小睿商量嗎……？」

「不用商量了。」吳達搶著說：「我要『獵行』，聽說比『煉鱗』實用。」

「喔？」葉瑋珊有點意外地說：「但是還有千羽和揚馳可以考慮喔，這兩樣知道的人不多，但也很不錯。」

吳達微微一怔，倒沒想到突然冒出兩種沒聽過的引仙法門。

再拖下去，就不方便巡邏了，葉瑋珊望望天色說：「吳伯伯還是和小睿先談一下再決定？」

「不用了，太複雜的我們也不懂，就獵行吧。」吳達目光一轉，呵呵笑說：「可以現在幫我們倆引仙嗎？上來一趟很花時間，還不一定能找到人。」

這倒也是……葉瑋珊和賴一心對看一眼，賴一心低聲說：「我自己去好了？」也只好這樣了，葉瑋珊低聲答覆：「你看完賴媽媽之後再來找我。」

「好。」賴一心點頭一笑，轉身往山下掠。

葉瑋珊望著賴一心的身影遠去，這才回頭說：「吳伯伯、吳媽媽，請進。」當下領著吳配睿的父母往屋內走，準備進行引仙的動作。

□

又地震了。

遠在噩盡島的沈洛年，在一陣突來的動盪中驚醒。

這段時間，地震越來越頻繁，白天也震、晚上也震，房子不會倒吧？沈洛年抬頭往窗外一看，見夜色正濃，又躺了回去，但卻不知爲什麼，在醒來的這一瞬間，精神很快就恢復，睡意已經不知道跑到哪兒去了。

反正自己白天也沒事，大不了累了再補眠吧，沈洛年坐起身來，走出屋外，對著不遠處月光下的湖水，深深吸了一口帶著點夜露涼意的空氣。

這兒是噩盡島東方高原深處一個小型的山谷盆地，周圍山峰團團圍住，幾乎無路可以出入，每逢驟雨，東面山崖會出現一道瀑布，灌水注入山谷中央一個小湖之中，再從西面漫出，沈洛年便在這座山谷中，蓋了一間簡陋的小木屋。

噩盡島畢竟是不久之前才形成的島嶼，這兒雖然是深山，卻沒有什麼茂密的林木，只有滿山遍野的短草，一些低矮的蕨類也才剛開始四處蔓延，蟲鳥之類的小動物，也還沒來得及遷居到這兒來。

此時距離上次和懷眞的中秋相會，已經又過了一個多星期，月亮已漸消瘦，這山谷四面都是高聳的山壁，在這夜半時分，除谷中湖畔周圍勉可藉月視物，其他地方大多籠罩在暗影中。

沈洛年在湖邊活動了一下身體，心念一引，口中默禱，地面上浮起一個黃色小泥人，對著沈洛年說：「請問有何吩咐？」正是可以萬里傳訊的輕疾。

沈洛年停了片刻，遲疑了一下之後搖頭說：「還是不用了。」跟著一散妖炁，讓輕疾再度消失回土中。

才過了六天，懷眞該沒這麼快能確定謠言眞假吧？懷眞說過，若找她的次數太多，說不定會害她提早消失，不過換個角度說，若能順利度過關卡，以後就可以沒有顧忌地相處在一起，既然非去不可，早點去閉關也未嘗不是一件好事。

所以重點還是要讓她去得安心，也就是說自己若能早點掌握闇靈之力，讓她早點閉關，才能提早相聚。

總而言之，還是繼續研究那把劍吧……沈洛年回到木屋中，拿出放在屋內的那把闊刃短劍，在月光下觀察著。

這幾日沈洛年又試了好幾種辦法，卻一直沒有效果，其實他已經有些沒勁了，而這東西也不知道是結構還是蘊含的氣息有異，沈洛年雖以道息浸透，卻沒法順利地輕化這把闊刃短劍，也就是說，如果遇到強敵，不但不能使用這柄武器戰鬥，也不適合帶在身上。

所以沈洛年平常都把這劍放在屋角用土砌起的一個泥櫃中，裡面還放了不少乾燥的獸、魚肉脯，藉著這劍能使周圍乾燥的古怪特性，倒頗能幫助保存食物。

雖然把劍拿了出來，但這幾日已嘗試了許多辦法的沈洛年，卻也想不出什麼更新鮮的方法可以測試，只能望著這闊劍發呆，這麼看了片刻，沈洛年突然發現，過去看來平滑光潔的劍身，上面似乎隱隱有著十分細緻繁複的刻紋。

前幾天倒沒注意到這一點？沈洛年手指輕輕撫摸過去，指尖觸感依然十分光滑，感覺不出有凹凸之處，似乎並不是雕刻在表面的東西。

難道上面還有上一層透明保護膜之類的嗎？不然怎麼摸起來這麼滑溜？沈洛年正胡思亂想，月光突然一暗，卻是天際一朵棉絮般的雲朵飄過，月華掩映之間，刻紋便有些看不清楚。

亮度不夠吧？雖然看到紋路也不代表什麼，就算上面有字自己八成也看不懂，何況根本不是字……但反正已經無法可試，就看看刻些什麼怪東西也好。

沈洛年拿著劍回屋，點燃掛在牆上的小油燈，把劍湊近一看，卻見劍身光華如鏡，什麼都沒有，剛剛看到的那些刻紋，竟彷彿從來沒有出現過。

剛剛自己眼花了嗎？沈洛年一呆，運足目力上下查看，依然找不到紋路。

這可不大對勁了，沈洛年體質逐漸仙化，視力其實比過去增進不少，就算不點油燈，只靠著外面的月光掩映，也沒什麼看不清楚的，所以若非必要，他很少點燈，今日難得爲了那些刻紋而點燈，卻反而看不見？

沈洛年一頭霧水地上下張望，終究看不出所以然來，最後看得有些眼花，忍不住打了個呵欠，看樣子自己大概還沒睡飽，乾脆去睡回籠覺。

當下沈洛年吹熄油燈準備收劍，此時目光一瞥，卻又看到劍身上浮起一片刻紋。

沈洛年一愣，低頭仔細一看，確定自己不是眼花，果然上面又隱隱浮現了淡淡的紋路……難道這刻紋要在月光下才能看得到？沈洛年再度走出屋外，對著月華細查，果然在這種狀況下，才能看得到那刻紋。

這可眞有點詭異了，月亮也不過就是太陽光的反射不是嗎？有什麼特別之處？沈洛年望著刻紋思索著，卻始終想不通原因。

且不管爲了什麼，這刻紋有什麼意義嗎？能幫助自己找出和闇靈聯繫的辦法嗎？沈洛年坐在湖邊草地上，對著月光，看著闊刃短劍，凝視著那不明意義的刻紋，只見那線條繁複多變、無頭無尾，彷彿是一條綿延不斷的無盡通道，在劍身上盤旋。

這麼複雜的花紋，眞的只是同一條線嗎？沈洛年目光順著線條而行，想找出有沒有頭尾截斷之處，但這麼將目光追隨著刻紋繞轉，他漸漸地有些頭昏腦脹，可是眼睛若挪開休息，剛剛的工夫可就全白費了，沈洛年這時忘了什麼闇靈不闇靈，只顧著想看清楚這些刻紋的理路。

也不知道看了多久，始終沒能找出中斷處，沈洛年也不是多有耐心，眼看沒完沒了，眼睛卻已發痠，他終於一扔闊刃短劍，閉上眼睛休息。

但眼睛這一閉上，那有規律又隨意的紋路卻仍浮現在眼前，彷彿一個個無窮無盡、不斷變化的漩渦，沈洛年正覺好笑，卻見那些紋路突然怪異地扭曲變化著，漸漸匯聚成一個由無數線條凝聚的古怪面孔。

那是啥？沈洛年一呆，還沒來得及反應，那古怪面孔上的線條逐漸隱沒，畫面突然清晰起來，眼前冉冉浮現一個模糊的人影，那人影明明站在眼前，卻彷彿籠罩在一團迷霧當中，看不清楚服裝、身材、樣貌，連是男、是女都看不清楚。

這就是闇靈嗎？難道自己成功了嗎？沈洛年雖然有幾分驚訝，卻不敢張開眼睛，深怕一打開眼睛，這個幻影就消失了。

那個籠罩在黑影中的模糊身形，低頭望了望雙手，又摸了摸臉，突然哈哈笑了起來，那聲音彷彿來自四面八方，又彷彿直接出現在腦海，震得沈洛年頭昏腦脹。

笑個屁！沈洛年忍不住暗罵了一聲，這模糊東西是闇靈嗎？還是什麼妖魔鬼怪？

那身影似乎能感受到沈洛年的思緒，突然停下笑聲轉過頭，那模糊的面孔面對著沈洛年，雷震般的聲音在他腦海中響起，緩緩說：「稱我闇靈無妨，畢竟只是個稱呼，我掌控死之世界、至高無上，是生命最後之歸屬。」

媽啦，閻羅王或是死神之類的東西嗎？和這種東西打交道不大妥當吧？這下可麻煩了……

「一點也不麻煩。」闇靈呵呵笑了起來：「你需要力量，才來找我，不是嗎？」

如果想什麼他都知道，那自然也知道自己需要什麼，沈洛年停了幾秒才在心中說：「你能給我保護自己的力量？」

「何止保護自己？你獲得力量之後，只要你願意，甚至可以號令天下，成爲王中之王，沒有人敢違抗你的命令。」闇靈的模糊身影，似乎有點得意地說：「而且最重要的是……賜給你這些，沒有任何條件。」

沈洛年不禁呆在那兒……有這種好事？騙人的吧？

「你疑心病挺重。」闇靈停了幾秒，那模糊的臉上彷彿露出笑容說：「不過這也不是壞事。」

「我聽說闇靈之力，需要用生命力來交換，不是這樣嗎？」沈洛年在心中說。

「可以說是，也可以說不是，一切都由你自己決定。」闇靈說：「怎樣？要還是不要？」

還是和懷眞商量一下再決定比較妥當，反正已經找到聯繫的方式……沈洛年當即說：「可否讓我考慮幾日再做決定？」

「不行。」闇靈說：「你一生只有這一次機會與我產生聯繫，無論你是否願意，此後我不會再與你相會。」

沈洛年一愣，訝然說：「那萬一我搞不懂怎麼使用獲得的力量，也不能問你嗎？這世界並沒有流傳闇靈之力的使用方法。」

「當你獲得力量之後，自然就會完全了解，這些力量和知識是結合著的，不需要藉著紀錄流傳。」闇靈輕笑著說：「而你取得力量和知識之後，若覺得不如你所想，大可完全不使用，不會有任何損失。」

「也就是說……」沈洛年問：「使用了力量，就可能失去東西？」

「總之一切都是你自己的選擇……」身影停了幾秒，淡淡一笑說：「我不便在此久待，給你……十分鐘時間考慮吧，然後告訴我你的決定。」

沈洛年其實只想有保護自己的能力，至於什麼號令天下的王中之王，可就沒有興趣了，若真有種力量可以讓人服從自己的命令，也不像什麼好力量……

如果對方當眞不是什麼善良的存在，說的當然也未必是實話，說不定獲得這力量之後，其實有什麼恐怖的壞處，只不過他並沒說出口……不然爲什麼闇靈法器大部分都被毀了？就算對自己沒壞處，對這世界八成也沒什麼好處。

有這麼多不確定的因素，若只爲了自己，沈洛年可能早就拒絕了，戰鬥力不足就當個平凡人便是，也沒什麼了不起，但此時卻牽扯上了懷眞……若不能讓她安心，她只好盡量把閉關的時間往後拖，這樣兩人想再度相會，又要等更久的時間，更別提力量不足的自己，隨時有可能不愼害死懷眞。

沈洛年想了片刻，突然發現對方一直沒開口詢問，他回過神說：「我想了多久了？十分鐘了嗎？」

「也許吧。」闇靈卻說：「你已經獲得力量了，只差還沒啓動。」

「啊？」沈洛年一呆說：「不是讓我考慮嗎？」

「那是騙你的。」聲音說：「種子已經埋下，一夜之後，你就獲得我的力量了。」

騙我的？沈洛年愣在那兒，一時不知該如何反應，破口大罵有用嗎？

「當你和我聯繫，又給了我足夠的時間，我就可以賜給你力量了。」闇靈說：「放心，其他的事並沒騙你，如果你不願運用我的力量，不會有任何改變，我只是懶得多花時間解釋。」

倒不知道這句話是眞是假……但不管是眞是假，自己似乎也沒法拿對方怎麼辦，想到此處，沈洛年不禁又好氣又好笑，倒也罵不出口了。

「提醒你一件事。」闇靈說：「你似乎因爲能看透虛妄，而對自己判斷力很有信心……不過若對方並非以眞身當面與你對話，你還是看不出眞假的，剛剛正是明證，可別忘了。」

媽的，這騙子還眞好心啊……沈洛年正感荒謬，只聽闇靈接著說：「我知道你很多不明白，但一覺過去之後，你就會了解了，記得小心謹愼地活下去啊，呵呵……」

ISLAND
老鼠會

兩眼一睜，陽光逼得沈洛年連忙又閉上了眼睛，他半摀著眼睛，迷迷糊糊地坐起，看著有點刺眼的朝陽，望望眼前的湖水，一時頗有點不明白，自己怎麼在湖邊睡著的。

目光一轉，沈洛年看到落在一旁的那柄闇靈法器闊刃短劍，心頭一驚，突然想起了昨晚的一切，這一起心動念，沈洛年全身倏然泛起一片濃黑之氣，湖畔本充滿著潮濕水氣，在這一瞬間，水氣立即往外迫散，周圍空氣變得彷彿沙漠一般乾燥，身旁本來綠油油的短草，更是漸漸轉爲焦黃，宛如正被人烘烤一般。

果然不是夢……隨著心念變化，沈洛年收回闇靈之氣，看著自己雙手，卻見原本紅潤、光潔的手掌、手背，在那片濃黑之氣退掉後，泛出一片陰沉的死灰黑青之色，過了好幾秒之後，才漸漸地復原。

沈洛年愣了片刻，突然撿起那把闊刃短劍，往前方湖水中猛力一扔，一面憤憤地罵：「他媽的狗屁闇靈渾蛋！這算是什麼狗屎能力？大騙子！」

闊刃短劍撲通一下落入湖中，激起了一圈圈漣漪，隨著漣漪逐漸地擴大、淡薄，沈洛年也漸漸冷靜了下來，他這才想起那把劍該算是懷眞的東西，自己就這麼扔了似乎不大對，不過這湖可不小，想找恐怕也不大容易……

媽的，扔了就扔了吧，沈洛年抓抓腦袋，抬頭看著太陽，愣了好片刻，這才深深嘆了一口氣，以影蠱妖炁召喚出黃色小泥人說：「我要找仙狐懷貞，直接聯絡。」

「請稍候。」輕疾沉默片刻，跟著緩緩變化成穿著寬袍的懷貞，一面說：「對方接受聯繫，請說話。」

「懷貞？」沈洛年說。

「笨蛋洛年，有好消息嗎？」懷貞娉婷而立，帶著微笑瞄著沈洛年說：「沒事可不能隨便找我。」

「我也不知道算不算好消息。」沈洛年嘆口氣說：「我找到闇靈……取得闇靈之力了。」

「啊！」懷貞蹦了起來說：「眞的嗎？」

「眞的。」沈洛年點頭說。

「那是好消息啊，幹嘛一副臭臉？」懷貞驚喜地說：「快告訴我細節。」

「闇靈根本就是生命力的騙子。」沈洛年憤憤地說：「媽的，老鼠會公司，差點被妳害死。」

「什麼啊？和老鼠有什麼關係？」懷貞詫異地問。

「就是……我想想該怎麼說……」沈洛年思考了一下才說：「他在我體內種了闇靈之力的種子，把我的生命力置換掉，轉換爲闇靈之力……這樣我會變殭屍耶！」

「啊？」懷眞吃了一驚說：「變殭屍？眞的嗎？」

「本來應該是這樣啦。」沈洛年頓了頓說：「不過感覺上生命力並沒有眞的消失……可能是道息的關係吧，似乎把我被奪走的生命力補回去了，所以我還是活人。」

「這不就是我們原先的計畫嗎？」懷眞有點高興地說：「你可以不斷用生命力轉換成闇靈之力啊，這不是很好嗎？」

「才沒這麼好！」沈洛年瞪眼說：「只有第一次才會轉換，之後道息補入的生命力就不行了，所以我闇靈之力也只有一點點，而且用完就沒了。」

「這麼差勁喔？」懷眞詫異地說。

「不只這樣，我若使用闇靈之力護體，就不能運用道息把身體變輕，這兩種力量根本是互斥的。」沈洛年憤憤地說：「也就是說，我若使用闇靈之力，連速度快的好處都沒了，媽的，闇靈那個傢伙，什麼都沒說清楚就偷偷把力量塞給我，渾蛋！」

「那……大不了不用這種能力吧，至少沒變差。」懷眞皺起眉頭說：「怎會如此，傳說中闇靈之力十分強大的……」

「喂！」沈洛年突然瞪著懷眞說：「妳不是故意的吧？」

「什麼？」懷眞一怔。

沈洛年說：「妳真不知道闇靈之力會把人變殭屍？」

「不知道啊。」懷真嘟嘴說：「我只聽說過承受闇靈之力者，好像可以控制殭屍之類的鬼物，誰知道自己本身也會變？」

「妳這狐狸常騙人……真不知道該不該相信妳。」沈洛年嘟囔說：「隔著輕疾也不知道妳有沒有說謊。」卻是沈洛年突然想起闇靈最後說的話，隔著輕疾，確實無法感受到對方真正的心意。

「騙你幹嘛？」懷真有點生氣了，扠腰說：「讓你變殭屍，我有什麼好處？」

「變殭屍，我就不能跟妳……我就沒有性慾了啊！」沈洛年瞪眼說：「殭屍是死人耶！」

「啊？」懷真一愣，突然忍不住笑說：「真的嗎？好可惜啊……你反正沒有老婆，沒了性慾不是挺好的嗎？」

「媽啦，我才不幹。」沈洛年瞪眼說：「我現在已經很慘了。」

「我真的不知道會變殭屍啦。」懷真笑咪咪地說：「不過若你真的失去這方面的能力，我還真的不用躲著你了。」

「很抱歉啦，我還是活生生的男人。」沈洛年哼聲說：「看到妳還是會興奮的。」

「壞蛋。」懷真臉一紅，白了沈洛年一眼，嗔說：「別跟我調情，會害我提早閉關的。」

「嘖，好啦。」沈洛年嘆了一口氣說：「對了，我剛醒來火大，把劍扔到湖裡去了……那也不是什麼好東西，沒關係吧？」

「喔？」懷眞似乎有點意外，但也不想爲此多說，只沉吟著說：「總而言之，闇靈之力沒用，那該怎辦呢？又不可能等到古仙……眞是奇怪，闇靈之力不可能這麼差勁，難道是和道息互斥才會……」

「懷眞。」沈洛年打斷了懷眞的話說：「其實闇靈之力……要變強也不是不可能啦。」

「眞的嗎？」懷眞意外地說：「那你剛剛怎麼這樣說？」

「因爲……」沈洛年說：「那不是好方法。」

「是怎麼一回事？」懷眞頓足說：「別吞吞吐吐的。」

「因爲增強闇靈之力，不是靠修煉而是靠奪取……」沈洛年皺眉說：「簡單點說，有兩種方法，一種是直接殺高智生物，抽取對方生命力給闇靈，自然會換得相對應的闇靈之力。」

果然不像是好辦法，懷眞吐吐舌頭說：「另外一種呢？」

「讓對方也獲得闇靈之力，變成殭屍。」沈洛年說：「對方生命力轉變爲闇靈之力的時候，一部分會變成我的。」

「只有一部分嗎？那比直接殺人還少？」懷眞問。

「但殭屍以後殺人吸收的力量，也會有一部分變我的，而且等殭屍變成旱魃後，又可以主動製造殭屍。」沈洛年攤手說：「總之我是老鼠會的會頭，每一個都抽成，一代代下去，就會變很多。」

「老鼠會？」懷眞聽不大懂這個名詞。

「傳銷妳聽過嗎？其中比較惡劣、以吸金方式推廣的就叫老鼠會……」沈洛年看懷眞的表情就知道她不明白，搖搖頭說：「反正簡單來說，若是製造一堆旱魃、殭屍，我就會很強了……媽的，我是會頭，闇靈那渾蛋是開老鼠會的公司，他最賺！」

懷眞思索了片刻才說：「原來如此，難怪聽說旱魃、殭屍出世殺性都很重，原來他們力量是這麼來的……這方法不行，這種死系妖物只要出現，都會被眾妖仙圍攻，若發現源頭來自於你，豈不危險？」

「我也不大想用這種力量。」沈洛年說：「總而言之白幹了，闇靈之力看來不適合。」

「你因爲道息的關係，並沒有眞的變成殭屍，倒不容易被人察覺。」懷眞沉吟說：「如果你殺敵取得闇靈之力，卻不把他們變成殭屍，這樣增強力量的速度雖然比較慢，也是個辦法吧？」

這也有道理，沈洛年沉吟說：「那也要有該死的才行，總不能隨便找人亂殺，我現在整天躲在山裡面，連人都看不到，何況敵人？」

「到下面的市鎮看看？或者以後我發現有該死的人或妖，就帶去讓你宰。」懷眞說：「殺個幾百人，應該會很強吧？」

「該死的傢伙哪有這麼多啊？」沈洛年好笑地說：「妳別胡鬧，隨便找人來給我殺。」

「嗯……總之吸取人或妖的生命力可以讓你變強。」懷眞皺皺鼻子說：「你若有機會使用闇靈之力，記得別讓任何人看到，這種力量是仙妖共同禁忌，要是傳出去你就死定了。」

「我知道，我獲得的知識，也一直告訴我要小心行事，尤其在還沒變強的時候……媽的！這種力量簡直跟作賊一樣，算了，不談這個了。」沈洛年換個話題說：「台灣那兒怎樣了？那些殺人妖怪有過去嗎？那種妖怪我倒不介意吸收他們生命力。」

「那是謠傳啦！」懷眞哼了一聲說：「我還以爲是敖家龍族呢，嚇我一跳，那女人幹嘛騙你？」

「不會吧，她騙我我看得出來啊。」沈洛年意外地說。

「那就是有人騙她。」懷眞說。

誰這麼無聊欺騙劉巧雯？沈洛年一面思索，一面說：「妳爲什麼以爲是龍族？」

「你記不記得，我們去噩盡島西邊的時候，我提過感覺到敖家的氣息？」懷眞問。

「好像有……」沈洛年印象不是很深刻，想了想說：「妳好像說他們怎會搬家？」

「對啊。」懷眞說：「他們在北海住了不知道多少年，不會隨便搬家的，但我卻發現噩盡島有龍族的氣息，我一直搞不懂，直到上次你跟我說，那兒發生了核爆……」

「啊！確實是北韓那邊！」沈洛年醒悟說：「我忘了龍族住那兒。」

「對啊，我聽你那樣說，以爲因爲污染，先到的敖家小鬼氣得想把人類滅族呢。」懷眞說：「而且龍族大多年輕時就可以變人，靠著龍王的『尊伏之氣』，虯龍族很容易統領普通妖怪行動，你的消息又說是從輻射區中跑出這種殺人妖怪，怎麼聽都是敖家啊……不然我也不會誤會，其實敖家雖然有些霸道，殺性並不大，我早該知道是騙人的。」

怎麼又來一個氣？沈洛年詫異地說：「尊伏之氣又是啥？」

「是一種會讓人服從、聽命的氣。」懷眞說：「虯龍的天成之氣。」

「還有這種鬼氣喔？」沈洛年大吃一驚：「太作弊了吧？比妳和麒麟的氣還過分。」

「是啊，不過老龍才會有。」懷眞笑說：「當初龍族受東地人類族長祭祀的時候，龍王偶爾會讓人類之長部分換靈，獲得一點『尊伏之氣』，雖然傳幾代就會消失，但後代子孫偶爾也會有人帶著一絲這種氣息……我懷疑那個一心小弟八成有這種血統。」

「一心有嗎？」沈洛年又吃一驚：「媽的！難怪每次胡說八道大家也聽他的。」

懷眞噗哧笑說：「他效果已經很低了啦，只有一點點。」

「這也太誇張了。」沈洛年說：「有了這種氣，根本不用打仗了，直接四海招降不就好了？之後這鬼氣還能遺傳，加上一代代祭祀下去，那怎麼還會改朝換代？」

「你搞錯了，龍王不會這樣做的。」懷眞搖頭說：「通常都是終結戰亂、天下太平時的祭祀，龍王才會考慮部分換靈，賜與尊伏之氣，以便讓人類休養生息，雖然可以遺傳下去，但到第二、三代就效果漸退了，若是幾個後嗣彼此爭位，也等於沒用……而且那是人界、仙界還重合的時代，是很久以前的事情了啦。」

反正這些氣對自己一律無效……沈洛年也不想多問，接著說：「所以台灣一切安全囉？」

「對啊。」懷眞說：「而且因爲之前有麟犼的氣息，大部分妖怪都選擇避開這兒，到現在只有一些狗妖圍在外面，單靠引仙部隊就很安全了……我現在讓羽麗和山馨她們母女幫忙，把山裡面的樹木打斷順水往下流，幫人類收集木料，花蓮那兒現在正加緊趕工，順利的話，兩個月之後就會整批離開這座小島。」

這倒是好消息，沈洛年頓了頓說：「大家都還好吧？」

「都好啊。」懷眞妙目一轉，突然笑說：「聽說一心和瑋珊正在考慮……要出發前先結婚，還是到了噩盡島以後才辦婚禮。」

這一瞬間，沈洛年彷彿胸口被人打了一拳，愣了片刻之後才說：「是……是嗎？」

「反正只是個儀式。」懷眞言笑晏晏地說：「人類社會規矩多，辦婚禮也不過爲了可以大大方方生孩子而已。」

這話是什麼意思？難道葉瑋珊有孕了嗎？雖然賴一心在感情上有點兒呆頭呆腦，葉瑋珊個性害羞又保守，但兩人交往已久，現在又是朝不保夕的亂世，歷經奔波、艱難，愛情的火花特別容易激發，倒也不是不可能……

「怎麼不說話？捨不得啊？」懷眞笑咪咪地說：「要我幫你把瑋珊搶回來嗎？」

沈洛年板起臉，瞪了懷眞一眼說：「少胡說了。」

「別把氣出在我頭上。」懷眞收起笑容，哼聲說：「要你爭取又不爭取，當眞要變成別人的，又在那邊生悶氣。」

「我不是生悶氣。」沈洛年嘆口氣說：「只是有一點……感觸，若他們眞要舉行婚禮，幫我向他們說聲恭喜，我祝福他們。」

懷眞眨眨眼說：「你不想參加婚禮嗎？」

「沒興趣。」沈洛年搖了搖頭。

「好吧。」懷眞一笑說：「那就這樣吧？我還得忙呢。」

沈洛年這時也失了聊天的興致，苦笑和懷眞道別，收了輕疾。

望著湖水發呆片刻之後，沈洛年回到房中，把儲藏櫃中的肉乾拿出來當早餐，他一面吃一面後悔，剛剛一時火大，把那劍扔到水中，以後保存食物就沒這麼方便了。

這幾天都在研究那把劍，一個人待在山裡倒不覺得無聊，現在不用研究，卻不知該做什麼……對了，自己的「廟」不知道蓋得如何，該不該去偷看一下？不過一個星期應該還蓋不起來吧？

想到這件事，沈洛年就覺得有點荒謬可笑……他抓了抓頭，轉念又想，這殺人妖怪的謠言，聽起來若合符節，編謊言的人不只用心，還挺了解敖家龍族的呢，除了懷眞以外，居然有人清楚這些事情？看劉巧雯模樣不像騙人，卻不知消息是哪兒來的？

不過話說回來，劉巧雯說話時心意變化多端，想判斷她是不是說實話也不是這麼容易……而且現在也還沒弄清楚，她想把自己弄離噩盡島，到底是爲了什麼？

算了，只要在台灣的人們安全，就不管這麼多了，現在的重點是怎麼增加保命的資本，讓懷眞可以安心地閉關，然後等她出關，兩人就又可以開心地聚在一起了，雖然有些事情不能做……但總比現在這樣不能碰面好多了。

這闇靈之力，若不使用老鼠會的模式擴散開來，一個個殺的話，造成的影響應該不會太大，也不會在蔓延的過程中誤傷好人，比較麻煩的是——去哪兒找該死的人？

山下那好幾萬人裡面，應該有些該死的渾蛋吧？說不定也有作奸犯科被逮到的，若從那種人身上抽取生命力，倒不至於讓人感覺良心不安；但想這麼做的話，自己就不能整天待在這種地方，得混在人群中打探才行……反正也有一段時間沒下去了，去看看也好。

沈洛年思忖已定，當下回房戴上妖藤片編的斗笠，另把血飲袍疊成長帶束在左臂上，這才飄身而起，向著山下飛去。

□

另一面，數千公里外的台灣，這時則是傍晚時分，花蓮西方山間的一片山岩頂端，懷眞剛結束了和沈洛年的通訊，正望著輕疾消失的地面，垂首思量。

突然前方傳來一片聲勢浩大的雜亂聲響，懷眞回過神，將目光往下望，卻見一大片巨木正轟隆隆地往下方河谷滾，她微微一皺眉，轉頭對著身後的山林揚聲說：「小芷、小霽，在不在？」

過沒多久，兩個甜美可愛的小女孩，穿著有點破舊的孩子服裝，一前一後飛出山林，正是化成人形的山芷和羽霽，還隔著老遠，金髮的山芷已經笑咪咪地嚷：「懷眞姊姊說完了？洛年什麼時候來？」

「洛年沒要來。」懷眞往下一指，皺眉說：「小芷，幫姊姊跟媽媽說，一下別弄太多，不然會像昨天一樣堵在半路上。」

「洛年不來？爲什麼？」山芷的笑容失去，難過地問。

「他本來就沒要來啊。」懷眞摸了摸山芷的金髮，微笑說：「聽話，快去。」

山芷嘟著小嘴往山下飛，羽霽卻沒跟著跑，停在懷眞身旁，眨眨眼睛說：「懷眞姊姊，我有問題。」

「嗯？」懷眞望著羽霽笑說：「妳這好奇小鬼，又想問什麼？」

「懷眞姊姊爲什麼躲著洛年呀？」羽霽說：「不願意幫他生孩子嗎？」

懷眞微微一愣，隔了片刻才搖頭說：「我不能生孩子的。」

「那更不用躲啊。」羽霽更不懂了。

懷眞輕嘆一口氣，摸摸羽霽的頭說：「妳問這個幹嘛？」

「幫其他種族的人生小孩……這種事情我覺得好奇怪。」羽霽睜大眼睛說：「爲什麼有人會想這麼做？自己生不就好了嗎？」

「誰想幫別人生……？」懷眞一頓，好笑地說：「小芷嗎？」

「對啊。」羽霽皺眉說：「小芷說長大以後要幫洛年生小孩。」

「兩個小鬼在胡鬧。」懷眞好笑地說：「千年後的事情，這麼早就在想了。」

「才不是呢。」羽霽說：「是馨姨先說的，問小芷要不要幫洛年生小孩，她說反正洛年也仙化了，千年後說不定還活著。」

「山馨也太孩子氣了。」懷眞輕笑搖頭說：「妳別擔心，千年後小芷想法會變的，山馨也只是開玩笑。」

「眞的嗎？」羽霽歪著頭。

「我們這種仙獸族，不適合和人類作伴……」懷眞頓了頓又說：「別的人類也就罷了，洛年特別不合適。」

「爲什麼？」羽霽問。

「因爲媚術、幻術對洛年無用。」懷眞哂然說：「人類把交配當成一種享受，三不五時就想……既然不能用幻術滿足洛年，怎能當他的伴侶？」

羽霽一吐舌頭說：「人類原來和龍族一樣，好噁心，我去跟小芷說！」說完，羽霽扭身躍起，追著山芷落下的方向飛去。

懷眞看著羽霽消失在山林間，思考片刻後，身子騰起，向著東方花蓮港的方向飛去。剛飛到白宗眾人居住的美崙山木屋，還沒落下，懷眞就聽到裡面傳來一聲喊：「什麼？我去揍那壞蛋！」

跟著有人大聲喊著：「小睿！等等。」

下一剎那，渾身爆出獸般短毛、妖炁往外激發的吳配睿，拿著大刀衝出門外，恰好和懷眞碰上。

紅著眼睛的吳配睿，看到懷眞擋在門口，只微微一怔，隨即低下頭，從旁邊繞了過去，想往外奔。

這時屋中，黃宗儒、葉瑋珊兩人正先後追了出來，葉瑋珊看到懷眞，露出喜色叫：「懷眞姊，攔住小睿。」

吳配睿這時已經衝出門外，正往山下奔，懷眞見狀飄身閃過，輕抓著吳配睿的手臂微笑說：「小睿，怎麼不和姊姊打招呼？」

吳配睿倒沒想到懷眞速度這麼快，她連使用爆閃的念頭都還來不及提起，已經被懷眞逮住，吳配睿總不好和懷眞拉扯，終於停下腳步，委屈地說：「懷眞姊……對不起。」

這時葉瑋珊才追上，一面有些生氣地說：「小睿，怎麼這麼衝動呢？」

「有話好說啊，都可以商量的呀。」跑最慢的黃宗儒，正愁眉苦臉地趕了上來。

吳配睿卻只低著頭，嘟著嘴不吭聲，也不知道生誰的氣。

懷眞見狀，摟著吳配睿的肩膀輕笑說：「誰惹妳生氣了？告訴姊姊。」

吳配睿停了片刻，終於開口說：「宗長不該幫那渾蛋引仙的。」

懷眞微微一愣，抬起頭看著葉瑋珊說：「誰啊？」

葉瑋珊有點尷尬地苦笑說：「小睿的爸媽……」

「那渾蛋不是我爸爸！」吳配睿怒沖沖地大喊。

「宗長不知道啊。」黃宗儒走近嘆氣說。

「吳伯伯不是小睿的父親？」葉瑋珊詫異地說。

黃宗儒低聲說：「是繼父，而且似乎對她不好……」

葉瑋珊恍然大悟，難怪提到家人吳配睿總是那種反應，不過就算討厭繼父，也似乎有點太誇張了，難道那人虐待過她？葉瑋珊想了想低聲說：「小睿，對不起，引仙前我該先問過妳的。」

「小睿，宗長也是好意啊。」黃宗儒跟著說：「妳媽媽也不會讓妳動手的。」

「管她的，我……」吳配睿說到一半停下，沉默片刻後，終於無奈地咬著唇說：「那現在怎辦？」

「也許只是傳聞呢。」葉瑋珊遲疑了一下說：「我本想先問問妳，既然這樣……得找別的辦法求證。」

「根本不用問了，那人本來就卑鄙、下流、無恥，是個大爛人。」吳配睿恨恨地說：「讓這種人引仙，不做壞事才奇怪，趁早殺了他，也算爲民除害。」

「就算他眞的做錯事，也不能隨便殺人。」葉瑋珊沉吟說：「若他確實爲非作歹……他是完全型的引仙，一般引仙部隊對付不了他，得我們出手。」

黃宗儒嘆息說：「這還是第一起引仙者犯罪事故……若眞的有罪，關到牢裡前得讓他穿上息壤衣，否則一般牢房關不住。」

「那人做了什麼？」懷眞聽到這兒，忍不住好奇地問。

「聽說領著一批跟班，組織了一個什麼『白宗自治部隊』，到處收稅。」葉瑋珊轉頭說：「因爲他身分特殊，不少引仙者搞不清楚狀況，還眞的加入了那組織，他頂著白宗的名號，市政府又不敢對他硬來……只好找我們幫忙。」

吳配睿聽到這兒，火氣又冒了上來，憤憤地說：「我早該宰了那傢伙。」

葉瑋珊搖頭說：「小睿，也許他對妳不好，但畢竟名義上總是妳父親……我們是不是勸勸他……」

「父親、父親……」吳配睿似乎忍無可忍，氣憤地打斷葉瑋珊的話說：「父親會半夜爬到妳身上去嗎？」

這話一說，眾人都是一呆，吳配睿似乎也發現自己說出了不該說的話，她臉龐先是漲紅，跟著轉為慘白，在一片沉默中，她一頓足扭身化出妖形，展開爆閃身法往外直跑。

「小睿！」葉瑋珊和黃宗儒兩人急叫，但葉瑋珊並未引仙，黃宗儒速度本來就慢，兩人都追不上變化妖形的吳配睿，只見吳配睿越奔越遠，眼看就要不見蹤影。

「你們倆追不上，我去。」懷眞雖然元氣大傷，但仍比這些人類強大許多，只見她輕飄飄地晃過兩人眼前，微浮於空，追著吳配睿而去。

懷眞不是人類，對現代人類社會風俗也不算十分清楚，但也知道剛剛吳配睿所說的若是實話，他那繼父可眞是做了不該做的事，吳配睿不愼說漏了嘴，這時想必又羞又氣，還不如讓她跑一陣子，所以只在身後不遠處跟著，不急著追上去。

吳配睿就這麼衝下了美崙山，她彷彿自虐一般，也不管那股反挫的力道傷身，連用了好幾次爆閃，直奔到無人的東方海濱，這才漲紅著臉停了下來。

就算找個善於心理輔導的人，恐怕一時也不知該如何勸慰吳配睿，何況懷眞根本不是人，她平常大多和人嘻嘻哈哈地說笑，很少談什麼感傷的事情，實在不知該如何應付這種問題。

懷眞在吳配睿身後不遠處停下，沉吟片刻後，這才開口說：「很想殺了那人的話，就去殺吧。」

吳配睿早知懷眞追在身後，但她此時實在不知該如何面對別人，只看著海不肯轉頭，沒想到懷眞一開口，居然說出這句話來。

自己莫非聽錯了？吳配睿詫異地回頭看著懷眞說：「懷眞姊，妳說什麼？」

「妳不是很恨那個人嗎？」懷眞眨眨那雙鳳目說：「如果殺了他會比較舒服，就動手啊，現在也沒什麼人攔得住妳。」

剛剛吳配睿雖然嚷著要宰了那人，但畢竟是氣話，沒想到懷眞卻說得這麼理所當然，這下吳配睿不免瞠目結舌地看著懷眞，說不出話來。

「還是妳怕別人責怪妳？」懷眞想想笑說：「妳告訴我那人的模樣，我幫妳下手也可以喔。」懷眞一面想，要不要乾脆抓去給沈洛年宰，一舉兩得？

ISLAND
開始發作了

眞要殺了他嗎？吳配睿想了半天，終於搖搖頭說：「算了，殺了他……我也不會覺得高興……」

「那我可不知道該怎辦了。」懷眞說：「看來妳也不是很恨他。」

自己不恨他嗎？吳配睿想了想，卻也不明白自己的心情了，想了片刻，吳配睿突然有點尷尬地說：「懷眞姊，他……那人雖然……但是我一直掙扎，並沒有……沒有……」

「喔？」懷眞有點意外地說：「我以爲……」

吳配睿搖頭說：「我大叫，踢他、咬他……也挨了好幾巴掌，後來我媽被吵醒，那男人才氣呼呼地離開……」

聽起來應該是不幸中之大幸？懷眞雖然這樣覺得，卻也不知說出口恰不恰當。

「懷眞姊，我跟妳說喔，我其實更氣我媽。」吳配睿突然又說。

懷眞實在搞不大懂太複雜的人類情感，愣了愣才說：「爲什麼？」

「當時我被打得臉腫了起來，嘴也破了，還一直流鼻血……她除了哭之外，只懂得叫我忍，也不敢對那男人多說半句話……我是她親生女兒耶！」吳配睿表情雖然沒什麼變化，眼眶卻漸漸地紅了起來，她低聲說：「難道沒有男人就不行嗎？難道不能靠自己賺錢生活嗎？爲什麼要這麼下……逼得我只能每天早出晚歸，每晚睡覺都不安心。」

「那……」懷眞想了想又說：「如果殺了妳媽，妳會開心點嗎？」

「懷眞姊！」吳配睿本來心情十分低落，但聽懷眞這麼一說，不禁又好氣又好笑地說：「妳怎麼老是想用殺人解決啊？那是我媽耶……我怎能……」

「因爲我不知道該怎麼辦啊。」懷眞走近攙著吳配睿手臂，和聲說：「妳媽對妳不好沒關係，白宗大家都對妳很好啊。」

「我知道……而且自從成爲變體者之後，那人再也不敢騷擾我，所以我一直很感激洛年……」吳配睿搖搖頭說：「本來以爲不理他們就沒事了，沒想到他們居然騙宗長幫他們引仙，還是永久型的眞妖引仙……我不是難過，我是氣他們太過分了。」

「瑋珊他們追來了。」懷眞回頭看著西方說。

果然葉瑋珊和黃宗儒正從西方焦急地奔來，吳配睿看了那端一眼，有點害臊地低頭說：「懷眞姊，剛剛我跟妳說的事情，別跟他們說好嗎？」

「這樣好嗎？」懷眞笑說：「他們會以爲妳和繼父做過了。」

過去吳配睿和懷眞相處的時間不算多，倒沒想到懷眞說話這麼露骨，一時還眞有點吃不消，她漲紅臉說：「懷眞姊，妳……別這樣說啦。」

「不然該怎麼說？」懷眞頓了頓，側頭一笑說：「妳要試探宗儒對妳是不是眞心的嗎？這可不是好辦法。」

「不是啦，我只是懶得解釋這麼多，我和無敵大也不是那種關係。」吳配睿頓了頓紅著臉說：「而且那種事情也不重要，有什麼好說的？」

「隨妳吧。」懷眞本就是因爲沈洛年才和這些人類接近，對他們私事並不是多有興趣，想想轉頭說：「怎沒看到其他的人？」

「因爲狗妖前陣子挺多，我們就分成幾個小組，率領引仙部隊主動往外獵殺。」吳配睿看葉、黃兩人走近，聲音變小，低著頭說：「剛剛是宗長說有事情，要我和無敵大回來，沒想到……居然是爲了這種事。」

此時葉瑋珊和黃宗儒已經接近，看吳配睿似乎已經穩定下來，兩人對望一眼，葉瑋珊先開口說：「小睿……妳希望我怎麼做？」

「宗長，總之該怎麼做就怎麼做，不用顧念我和那人的關係。」吳配睿停了停，不好意思地說：「剛剛我一時氣不過那人……對不起，我不是生妳的氣。」

「沒關係的。」葉瑋珊見吳配睿恢復正常，也鬆了一口氣，她沉吟了一下，轉頭看著懷眞說：「懷眞姊，有辦法像迫出變體者妖質一樣，廢除引仙者的能力嗎？」

「變體可以，但引仙不行。」懷眞搖頭說：「變體者基本上仍是人，只是藉著吸收妖質，逐漸轉化為仙，完全轉仙之前都可迫出妖質，引仙卻是藉著融入妖體，直接化妖，沒法用炁息硬迫出妖質。」

葉瑋珊眉頭皺起，跟著問：「可是不完全的引仙卻可以逐漸恢復為人？」

「那是因為融入的妖體太少，才能被人體逐漸排除，完全型的就不行。」懷眞說。

「這麼說來，以後完全型的引仙法，不能隨便使用……」葉瑋珊沉吟說：「看來只能用宗儒說的辦法，穿息壤衣坐牢。」

「這樣挺麻煩。」黃宗儒嘆口氣說：「總之先要確定犯罪的事證，才能考慮該怎麼做，我和阿翰哥討論一下吧。」

「啊。」懷眞插口說：「洛年跟我說過一種辦法。」

「什麼？」眾人目光都轉了過來。

「他在噩盡島那兒，提議過在息壤山裡面挖洞住，可以避免強大的妖怪接近。」懷眞說：「說起來，息壤土拿來當牢房也不錯啊。」

「洛年這主意好。」黃宗儒喜說：「而且息壤洞還能有很多不同的應用，可惜台灣這兒沒息壤。」

「懷眞姊……」吳配睿忍不住說：「妳和洛年又有聯絡過嗎？」

「剛剛確實有聯繫，不過息壤土的事情，其實是上一次說的……」懷眞說到這兒，瞄向葉瑋珊說：「剛剛和他聯絡的時候，我開了他一個大玩笑喔。」

葉瑋珊看懷眞那促狹的表情，就知道懷眞話中有話，但對方既然這麼望著自己，禮貌上也只好順著話尾接口，她強笑說：「懷眞姊開洛年什麼玩笑？」

懷眞就等著這句話，當下抿嘴笑說：「我說瑋珊和一心在考慮結婚生小孩，他居然當眞了。」

這話一說，葉瑋珊的臉馬上紅了起來，吳配睿卻是頗有興趣地問：「那洛年怎麼說？」

「他要我替他說聲恭喜，但婚禮他沒興趣參加。」懷眞說。

葉瑋珊聽到這話，一時心中不知是什麼滋味，她咬著唇說：「懷眞姊，妳怎麼……根本沒這種事啊。」

「我說來氣氣他的，反正這是早晚的事……而且早點結婚生孩子也不錯啊。」懷眞一臉理所當然地說：「人類都快死光了，還不多生一點？」

葉瑋珊正不知道該如何應答，吳配睿卻已經忍不住問說：「那洛年知道是假的之後，他怎麼說？」

懷眞輕哼一聲說：「看他那種反應我就生氣，我才不告訴他實話！」說到這兒，懷眞瞥了葉瑋珊一眼，神情似笑非笑的。

這話是什麼意思？葉瑋珊不由自主地避開了懷眞的目光，臉上一陣紅一陣白，懷眞是在吃醋嗎？洛年呢……難道他也在吃醋嗎？這兩人到底想怎麼樣？爲什麼不好好在一起？總讓人心煩意亂……

吳配睿這時早已經忘了生氣，她越聽越有趣，目光轉來轉去，望著眼前兩女，卻不知該怎麼發問才好。

黃宗儒卻和吳配睿不同，他見狀況不妙，想把這尷尬的氣氛化解掉，當下輕咳了一聲說：「懷眞姊特別跑來，應該還有什麼事情要交代吧？」

「啊，差點忘了。」懷眞這才放過了葉瑋珊，一笑說：「先說小事，瑋珊，木料累積得順利嗎？」

「很順利。」提到正事，葉瑋珊就恢復正常，她頓了頓說：「但是量雖然大，其中有些樹種不適合當木料……其實可以不用砍那種。」

懷眞搖頭說：「沒用的就扔了吧，要她們分辨樹木種類反而麻煩。」

「他們是誰啊？」吳配睿問。

「有幾隻仙獸幫忙砍樹。」懷眞頓了頓說：「就是……幾隻強大的妖怪。」

「懷眞姊可以操縱妖怪？縛妖派好厲害。」吳配睿羨慕地說：「什麼妖怪都可以控制嗎？」

「其實我只是請她們幫忙而已，不是控制。」懷眞不想多談此事，笑容微微一斂說：「另外一件事情比較重要。」

「懷眞姊，怎麼了？」葉瑋珊忙問。

「這幾天我跑了跑，殺人妖怪的事情差不多可以確定是謠傳了。」懷眞說：「這樣時間就寬裕多了，你們也可以放心。」

眞的嗎？這可眞是大好消息，葉瑋珊為此煩惱已久，今日聽到時間可以延長，自是大喜。

「原來是謠言……當時懷眞姊好像也以為是眞的。」黃宗儒忍不住問。

「對啊，居然被騙！因為聽起來實在太像龍族……」懷眞頓了頓說：「其實一般妖怪不會專門和人類作對，雖說搶食、爭地，甚至把人類當食物都偶有發生，但專程想把人類滅族實在不大可能，而眞正強大的妖怪，更大多懶得理會人類……不過恰好北海那兒出了點事，我才被騙；總之這謠言實在太像眞的，眞奇怪，應該是很熟悉龍族狀況的人才能編出這種謊話。」

這世上會有人熟悉這些妖族嗎？不過既然有懷眞這種人，說不定眞有其他知識豐富的怪人……葉瑋珊愣了愣才說：「北海龍族？北海是指……？」

「現在叫作……黃海吧？亞洲東邊那個大海窪。」懷眞說：「那附近有核彈爆炸啊，搞得周邊土地和海域都污染了，所以我才以爲龍族會生氣；還好那些小鬼挺大量的，似乎沒放在心上，大概因爲找到了好地方正高興吧。」

「小鬼？」吳配睿詫異地問：「多小？」

「現在來的當然是小鬼，最大的只有千多歲……」懷眞突然想起自己不該在一般人類前這麼說話，暗暗吐了吐舌頭，才接著說：「那是跟活了上萬年的老龍們比啦……總之他們既然沒想殺人，就不用理會了。」

「我明白了。」葉瑋珊感激地說：「謝謝懷眞姊。」

「這是爲了洛年啦，他不放心你們。」懷眞嘻嘻笑，一面飄起一面說：「沒事我就走啦，過一陣子再來問你們木頭夠不夠。」

「懷眞姊，可以慢點走嗎？」葉瑋珊忙說。

「怎麼啦？」剛浮地半尺的懷眞停下問。

「妳還記得李翰嗎？」葉瑋珊頓了頓說：「他很想和懷眞姊見一面，不知道……」

「李翰？」懷眞詫異地說：「誰啊？白宗有這人嗎？」

「原本是李宗的那位大哥啊。」葉瑋珊頓了頓說：「當初我和他一起去洛年家，懷眞姊也見過……還有四二九大劫那時，我們搭乘救生艇從噩盡島回歐胡島，他也在船上。」

「喔！我想起來了，他爸死掉之後哭很久的那小子？」懷眞輕笑說：「他想幹嘛？追求我嗎？這可不行，我有心上人了。」

「應……應該不是吧。」葉瑋珊聽得都有點臉紅，尷尬地說：「似乎是想請教修煉的事情。」

懷眞一聽皺眉說：「我才懶得教人呢，不見、不見。」若是爲了追求懷眞，她說不定還會比較高興。

黃宗儒接口說：「懷眞姊，因爲沒有洛年之鏡，阿翰哥修煉比較辛苦，和妖怪戰鬥也比較吃力，他是想問問有沒有別的辦法可以提升自己的能力……」

「按部就班慢慢練囉。」懷眞搖頭說：「我也沒別的辦法。」

葉瑋珊試探地說：「我看道書上記載……傳說中的闇之道術，似乎不需要發散型也能修煉，不知道懷眞姊聽過這方面的事情嗎？」

「闇之道術嗎？哈哈！」懷眞倒樂了，才剛和沈洛年聊過會變殭屍的闇靈之法呢，那人也想變殭屍嗎？她掩嘴笑說：「我可不會，這得問洛年要不要幫忙，不過那個姓李的眞想學嗎？我是不介意啦。」

葉瑋珊可眞是大吃一驚，訝異地說：「洛年會闇之道術？能教人嗎？」

「不是大壞蛋的話，洛年可能不忍心『教』他吧。」懷眞忍笑說：「叫他自己去湖裡找法器好了。」

「大壞蛋？湖裡找法器？」葉瑋珊聽得一頭霧水。

「因爲洛年一生氣，居然把學這道術的法器扔到湖裡去了。」懷眞笑說：「今天特別爲這件事情罵我一頓，還懷疑我害他呢，這沒良心的臭小子。」

那人脾氣還是這麼大啊……居然捨得罵懷眞？葉瑋珊驚訝地張開小嘴，愣在那兒。

見葉瑋珊驚疑的表情，懷眞不好意思繼續胡扯下去，咳了咳，正經地說：「我剛是開玩笑啦，總之闇之道術，不是適合學的東西，妳叫那個姓李的死心吧。」

「是……是這樣嗎？」葉瑋珊說。

懷眞一面點頭，一面含笑想著沈洛年今日和自己說話的過程，想著想著，心情莫名一陣動盪，身體深處突然熱了起來，一股酥癢軟麻的感覺毫無徵兆地在體內泛開，懷眞身子一顫，白淨的臉龐上微微泛紅，呼吸也不由自主地急促起來。

糟糕！開始發作了，看來就算只藉著輕疾對談，影響仍不小……懷眞目光一轉，看三人表情不對，暗叫不妙，現在可不能待在這兒……她當即飄身而起，一面快速地說：「不聊了，過一段時間再來找你們。」話聲一落，她也不等眾人開口，朝西方中央山脈的方向快速飛射離去。

三人一愣，卻見懷眞已經飛出老遠，過沒多久就越過了美崙山，消失了蹤影，三人不知爲什麼，依然望著西方天際，似乎有點捨不得轉頭。

過了好片刻，吳配睿才開口說：「你們也有……這種感覺嗎？」

「嗯？」葉瑋珊回過神，微微一驚說：「什麼？」

「剛剛最後那一剎那，我突然……突然好想抱住懷眞姊喔。」吳配睿睜大眼說：「她最後提到洛年時，笑起來好漂亮。」

葉瑋珊心中暗驚，自己剛剛看著懷眞的笑容，確實也有種我見猶憐的疼惜感受，只是不大好意思說出口……連女孩子看了都如此，卻不知男性看了是什麼感覺？葉瑋珊目光瞄向黃宗儒，卻見他還愣愣地看著西方天際，頗有點失魂落魄的味道，看樣子也不用問了。

「無敵大！」吳配睿也發現了黃宗儒的樣子不對，忍不住大聲說：「你幹嘛啦，懷眞姊走很久了啦！」

「呃……」黃宗儒回過神，面紅耳赤地說：「怎……怎麼了？什麼事？」

「沒事！你繼續發呆吧！」吳配睿白了黃宗儒一眼，轉身往回走。

葉瑋珊這一瞬間不禁暗暗慶幸，還好賴一心不在此處，不然……她苦笑搖搖頭說：「舅媽和舅舅率領的船隊後天就出發了，最近事情很多，我們先回去吧。」跟著飄身往回飛掠。

黃宗儒愣了愣，舉起雙手，重重拍了拍自己臉頰兩下，這才邁開步伐，向著美崙山奔去。

□

噩盡島東北方，那唯一一個人類港口越來越熱鬧了。

北邊的港口不斷有漁船出入，偏南的市集，聚集了大部分的人潮，不少人在其中交換著漁獲、菜蔬和少見的獸類，甚至還有一些低等的妖獸肉塊，至於米麥之類的作物，因爲種植到收穫需要較長時間，現在還很少見，大多人仍以妖藤當作主食。

除市集人潮最多外，北面山坡還有一群人正不斷地挖土整地，似乎要把港口的腹地擴大，建立新的城市地基。

雖說要下山來打探有沒有該死的人可以宰，但沈洛年並非健談的個性，要他和人以物易物恐怕都有點勉強，何況是打探消息？他四面繞了繞，除了感受到這略顯原始的地方，正充滿活力發展著，其他倒是什麼都不知道。

這樣也不是辦法……沈洛年走到市場南端盡頭，找個無人矮土堆坐下，把帽沿拉低，一面望著北面的海口，一面思索。

這港口市集中央是一條南北向的大道，沈洛年停留的最南端高處，可以一路看到北端的海面和港口，還可以觀賞往來的人群，這附近像沈洛年一樣累了隨處歇息的人也不少，所以並不怎麼引人注意，比較特殊的，可能就是沈洛年雖赤著上身，皮膚卻頗蒼白，似乎一點也沒受到這熱帶艷陽的影響。

沈洛年平常在山上，也是這樣一個人發呆，倒也不會坐不住，這兒周圍雖然吵了一點，但在山上安靜許久，這時卻有點新鮮的感覺，沈洛年遠遠望著市集中討價還價的大人、跳躍奔跑的小孩，就這麼呆坐著，直到午間。

沈洛年正在發呆，突然發現有個人站在自己身前，因爲他坐在地上，又戴著斗笠，只能看到對方的一雙腿，這雙腿看起來挺粗的，腳丫子又大，應該是個男人吧？幹嘛突然站在自己面前？

沈洛年也懶得抬頭，就這麼等著對方開口或是離開，反正對方也看不到自己的臉，不可能是認出自己的人。

過了幾秒，對方突然蹲了下來，低頭從斗笠的下方往內看。

這動作可就有點無禮了，沈洛年正想瞪人，仔細一看，卻不禁吃了一驚，有點結巴地說：「鄒……鄒姊？」

「果然是你！」這人不是男人，卻是頗爲粗壯高大的鄒彩緞，她露出驚喜的神色說：「怎會一個人坐在這兒？你在幹嘛啊？」

「沒幹嘛。」沈洛年詫異地說：「鄒姊，妳……怎麼知道是我？」

「這個啊。」鄒彩緞拍了沈洛年左右肩膀說：「你刺青這麼特殊，一看就知道了。」

「呃。」沈洛年一呆，這才想起自己左肩有隻糞金龜，右肩有隻黑蝴蝶，難怪會被鄒彩緞認了出來，不知道有多少人注意到這特徵？凱布利還可以換地方，艾露的蝶兒可沒辦法，下次混進人群，可不能赤裸上身了。

沈洛年這兩肩的影蟲，遠看其實只是兩團彷彿胎記般的黑斑，並沒有什麼特殊之處，但若湊近細看，就可以發現邊緣處毛鬚清晰，彷彿活物，十分有特色，其實刺青很難達到這種境界，只不過鄒彩緞也不了解刺青，自然不明白其間的差異。

沈洛年正在苦笑，鄒彩緞又說：「還有你身上這麼多傷痕，以前左手也纏著紅布條，一看就知道啦。」

鄒彩緞雖然壯得不像女孩，卻似乎挺細心的，沈洛年只好說：「下次我會找上衣穿上。」

「你這神仙幹嘛在這發呆？」鄒彩緞笑說：「因爲你的廟才剛打好地基，沒地方住？」

「別開玩笑了，我不是神仙。」沈洛年說：「你們家都好嗎？」

「一樣啊。」鄒彩緞說：「我種田，我媽拿菜來換東西……我爸每天傍晚有空就會去幫忙起廟。」

「呃。」沈洛年尷尬地抓抓頭說：「非蓋不可嗎？」

「反正一堆人晚上沒事做，讓他們去忙也好。」鄒彩緞聳肩說。

也罷，沈洛年一轉念說：「妳怎麼跑來這兒了？沒在田裡忙？」

「我媽說今天要找人換藤粉，叫我中午下來搬。」鄒彩緞說。

「藤粉……那是啥？」沈洛年問。

「妖藤心磨成的粉，有點像麵粉，可以做餅、做麵。」鄒彩緞往南邊一指說：「河邊有人蓋了水車磨坊專門磨粉。」

「換東西眞麻煩。」沈洛年皺眉說：「我想換一件上衣，可以拿肉乾換嗎？」

「要看是哪種肉，還有衣服品質也有差……」鄒彩緞一笑說：「我去幫你弄一件吧？」

「好啊。」沈洛年說：「我去殺隻妖怪讓妳拿去換？」

「免啦，你以前送過這麼多東西給我們家，我跟我媽拿菜換就好了。」鄒彩緞說：「妖怪可以提煉妖質，可是現在最有價值的東西呢，等錢幣造好之後，去跟道武門換新錢幣，以後慢慢就不用以物換物了。」

「喔，要製造錢幣了喔？」沈洛年雖然有點意外，仍點頭地說：「這樣比較方便。」

「聽說有了錢幣以後要繳稅。」鄒彩緞搖頭說：「現在大家對幣值沒概念，好東西都不大敢拿出來換……你在這兒等等我，我去跟我媽拿藤粉，順便幫你找衣服。」

「好，謝謝。」雖然鄒彩緞說不用，但沈洛年暗暗決定，既然妖怪有價值，等會兒還是去西邊一趟，看看有沒有落單的小妖怪，宰了送給鄒家。

話說回來，既然要發行錢幣和繳稅，代表這兒開始有了政府組織？這件事情自己之前倒沒聽說過，劉巧雯莫非就是因此才想把自己先引開，免得在這兒礙手礙腳？

真是如此的話，她倒也看錯人了，自己哪有興趣管這種事？沈洛年搖搖頭，暗自好笑。

過了片刻，鄒彩緞肩膀扛著一大袋「藤粉」，手中提了一件青綠色的半身藤織圓領上衣走近，把衣服遞給沈洛年。

沈洛年也不囉唆，直接穿上身，這衣服左右袖管寬大通風，直到手腕，據說是爲了防範日曬，胸前則是一排唐裝造型的布扣，穿起來倒是整整齊齊，而這兒天氣炎熱，寬些也涼快。

「挺好看，不過這種纖維不大吸汗……」鄒彩緞把藤粉放在地上，扠腰上下看著沈洛年說：「還是過去的衣衫材質比較舒服，但現在沒人願意拿好衣服出來換，都在等錢幣上市，打算用賣的。」

「這件很好。」沈洛年暗暗思量，等會兒可以把血飲袍穿到這衣服裡面，一方面可以保護自己；二來也不顯眼，他一面暗自得意，一面說：「對了鄒姊，我問妳一個問題。」

「什麼？」鄒彩緞說。

「現在這社會亂不亂啊，有沒有人犯法？」沈洛年說：「應該有人在管理秩序吧？犯法的人關起來還是怎樣？」

「還沒聽說過有人犯什麼大罪的……」鄒彩緞搖頭說：「偷東西的倒是聽過，好像做壞事的人會被道武門的抓去挖洞。」

挖上次自己說的防空洞嗎？總之沒有死刑犯可以讓自己宰就對了……沈洛年點點頭說：「我明白了……鄒姊，我走囉。」

「嗯。」鄒彩緞拍了拍沈洛年的肩膀說：「我沒把你當神仙，無聊就來找我聊聊。」

「知道。」沈洛年和鄒彩緞道別後，繞出港區南端，找個無人之處，把那醒目的血飲袍換入綠衣中，多餘的長襬則塞入長褲內，這才騰空浮起，向著西方飄去。

飄過妖藤區之後，沈洛年逐漸飄高，畢竟高處方能遠觀，這樣方便找妖怪，正不斷往上飛的時候，沈洛年感覺到上方似乎有一大片妖炁，他微微一驚，凝在空中抬頭，只見上方雲端，一個白色半透明的大圓管穿出雲霧，就這麼飄啊飄地向著自己接近。

這是什麼東西？在空中沒東西比對，一時還看不出那妖物的體積，但看來一定比人類大上不少，沈洛年望著那白色物體，雖然沒感覺到什麼惡意，卻帶著點戒備和警戒的情緒，若把對方惹火，說不定警戒就變成敵意了，沈洛年心念一轉，稍微飄降了一些。

那東西逐漸下落，越來越近，沈洛年心下更驚，這半透明的大圓筒，妖炁大部分收斂在體內，看不出眞正的能力，只能確定不是什麼弱小的妖物，這圓筒妖外型約莫火車車廂般大小，前後開口處，生長著層層疊疊柔軟的薄肉瓣，正不斷隨風飄舞，牠以沈洛年爲中心繞著空中大轉圈子，雖然看不出有沒有眼睛，感覺上似乎正一面觀察著沈洛年，一面緩緩接近。

這傢伙靠近以後想幹嘛？沈洛年暗叫不妙，又飄落了數十公尺，當初懷眞雖然教過怎麼應付大體積妖怪，但那主要是指原型妖，沈洛年只要把道息透出，隨著妖炁化散，對方的體積自然會縮小，但這法門對成型靈妖可就沒效果了，手中只有一把短小武器的沈洛年，看到巨大的妖怪，不禁就氣餒三分。

那妖物對沈洛年似乎也有點戒心，除了大兜圈子之外，並沒有快速接近，而隨著牠的速度加快，空氣不斷穿過牠圓筒中心，一段延綿不斷、有節奏感的咻咻聲在空中緩緩響起。

這是這種妖物的語言嗎？若在地面上，就可以把輕疾放出來當翻譯了……不對啊，輕疾雖說能了解大地上的各種語言，這種東西說不定不會落地，輕疾可就未必聽得懂。

沈洛年正胡思亂想，突見上方雲端又出現了十幾隻這種妖物，正紛紛往下飛飄，似乎要和這隻會合。

這可有點可怕……沈洛年突然想起麟犼的習性，會不會這附近空域其實是這種妖物的地盤？懷眞當初也說過，沒事不能亂飛，會引來強大妖怪的注意……沈洛年不想無端端和這些妖怪起衝突，只好不斷往下落。

那群白色管狀巨大妖怪，就這麼一直隨著沈洛年往下降，直到沈洛年飄落地面，牠們才在數十公尺高處停下，也不知道是不是因爲息壤土的關係。

到了地面，沈洛年移動的速度就能提升不少，所以他稍微安心了些，站穩了看著上方，只見那十幾隻妖物，彷彿在空中嬉遊一般，自在地轉折翱翔，彼此輕輕碰觸，在自己上方又繞了幾分鐘之後，這才紛紛往上，再度飄回高處，隱沒在天際雲端。

這些妖怪體積雖大，卻不算太快，若自己飛行速度能快一點，應該可以甩掉這些妖怪，但自己就是飛不快……沈洛年想了想，還是決定不飛了，就這麼輕飄飄地點地往外奔，反正這兒是大片平野，也能看得頗遠，直接在地面上移動，其實比飛行還快。

沈洛年就這麼跑出了十幾公里，但這附近除了植物之外，幾乎是一點生物的氣息都沒有……原本還有些弱小妖怪在這附近生存，可是這段時間過去，除了沈洛年以外，也有不少道武門變體者會跑來這附近打獵，久而久之，小妖怪似乎也被殺光了。

看來還要跑更遠一點，沈洛年一面在這平原上飛掠，一面四面遙望，突然他感覺到西面一段距離之外，某處似乎有不少人類的炁息聚集。

這可有點古怪了，就算有變體者出去打獵，也不用一次去這麼多吧？沈洛年好奇心起，往那兒飄了過去。

隨著距離接近，西方河岸邊不遠，出現一個僅有百餘公尺高的低矮小山丘，那山丘本來也沒什麼特殊，但沈洛年感受到的人類炁息，就是從那山丘中傳出。

沈洛年望了望，不由得有點狐疑，那兒似乎藏著幾百個變體者，但不是躲在山丘上，也不是山丘後，那炁息是從山丘內部冒出，彷彿山丘中被挖了一個大洞，那些人都躲在裡面……又或者那山丘其實是個山谷，裡面有個很深的凹地？

無論如何，裡面有人是可以肯定的，莫非道武門跑來這兒造鎮？這兒離東方高地港口挺遠，道息量高出不少，對一般人來說，會不會太不安全了些？

除非在這兒的都是變體者……這樣的話，住在道息多一點的地方，說不定對修煉有幫助，也許他們正是因此才在這兒建立據點。

既然住在這種地方，應該會有人四面瞭望偵查吧？走太近的話，可能會被發覺……沈洛年不想和那山裡面的變體者打交道，方向一轉，隔著好幾公里遠，往西南方遠遠繞了過去。

一面走，沈洛年一面打量那座山丘，從外側低處這麼往上看，倒看不出所以然來，但不管裡面是山谷還是山洞，總該有路進去吧？怎麼一直沒看到？

也許入口在北方，自己走的方位剛好看不到，沈洛年也不怎麼留意，一路往西南方奔。

剛掠過一座山丘南方的高起丘陵，只見前方地勢逐漸高起，出現類似森林的妖族植物群，沈洛年奔沒幾步，突然感受到林木間似乎有批變體者正在接近，他微微一愣，往回退了幾步，躲到丘陵高地之後伏下。

過了片刻，那群人果然從林間快步奔出，沈洛年從丘陵頂端探頭往外瞧，那是一隊大約五十人的變體者，隊伍中，竟有幾十個人似被捆豬般地，用木棍倒吊著往回運，沈洛年揉了揉眼睛，仔細一看，這才看清，那些被倒吊的原來都是死掉的鑿齒，他們武器已失，具有明顯特徵的臉孔又朝著上方，除了比一般人高點之外，遠看其實和人類差不多。

一般鑿齒的戰力，本就稍遜於練通四訣的變體者，如果變體者又學會了道武門星部長高輝那種藉由經脈運行、疊合炁息的功夫，鑿齒更遠不是敵手，搜殺鑿齒自然一點都不困難，但問題是這些人抓鑿齒回來幹嘛？莫非是抓來吃的？不嫌肉太老嗎？

沈洛年望著那群人扛著鑿齒一直往那山丘走，到了山丘之前，他們突然掀起一片僞裝的綠色地皮簾幕，地皮後旋即出現一個黝黑山洞，這群人點起了火把，就這麼消失在山洞之中，隨著那片地皮簾幕再度掩下，又是一點痕跡都沒有。

果然住在地底下？這樣也挺聰明的，鑿齒如果派出大軍出來找尋失蹤人口，也未必會注意到這座山丘……除非鑿齒也能遠距感知他人的炁息。

這邊既然有人類據點，周圍應該沒什麼妖怪了，沈洛年一轉方位，提高速度，朝西南方掠去。

森林跑起來不很方便，沈洛年索性飄在林端騰行，一面飛掠，沈洛年一面皺眉，過去找妖怪沒這麼困難啊，難道都被道武門的人殺光了？沈洛年正在暗罵，突然聽到下方傳來一聲重重的嗆咳聲，跟著又是一串古怪的氣泡咕嚕聲，沈洛年不由得一驚，身上冒出冷汗。

因爲他具備了細查周圍妖炁、炁息的能力，除懷眞那種能力特殊的強大妖仙，大多能很早就發現對方的蹤跡，所以他奔馳之間，一點都沒顧忌周圍有沒有埋伏或妖物，沒想到卻在毫無徵兆的情況下，突然聽到這古怪的聲音，他不由得大驚……莫非下面藏著個強大妖仙？

如果是懷眞那種等級的妖怪，自己一定跑不掉的，還不如看看對方故意咳嗽引自己注意，是爲了什麼……沈洛年深吸一口氣，停下轉身，等著對方下一步的動作。

ISLAND
此爲非法問題

沈洛年就這麼等待了片刻，卻沒聽到其他的呼喊或招呼，只在風吹林葉的呼嘯聲中隱隱聽到一些重濁的呼吸聲，沈洛年遲疑了一下，一咬牙，往森林下方飄落，尋找聲音的來處。

如果那不是強大的妖怪……莫非只是普通人？怎會有普通人跑來這種地方？沈洛年繞過一棵粗大的樹木，突然在地面上看到一大片血漬，由北往南穿過，彷彿有人灑下一灘血之後，又用了什麼東西將之拖散。

難道眞是人？沈洛年看著血漬拖動的痕跡，順著方向往南走，走出數步，突然眼前一亮，隨著兵刃破風聲響起，一道黑影閃過，對著自己腦門直衝。

還好沈洛年因爲感覺十分詭異，早已經提高警覺、放輕身軀，做好了準備，當警訊出現，他一閃身避過的同時，看清了那從草堆中探出的青黑色手臂，以及手臂中緊握著的短矛……這不是鑿齒嗎？怎會妖炁淡得和周圍林木差不多？

沈洛年閃過短矛的同時，往後退了兩公尺遠，繞過兩步，從側面望去，只見那半個身子竄出草堆的鑿齒，神情中又是失望又是痛苦，還帶著強烈的憤恨，正怒目瞪視著自己。

這時草堆已經掩不住鑿齒的身軀，沈洛年這才發現，鑿齒左手從肩膀處被砍斷，胸口也開了兩個大孔，身上滿是鮮血，剛剛那一矛刺空之後，他身子拖在地上，已經無法動彈，只能大口呼呼地喘氣，而口鼻間不時溢出的鮮血，迫使他不斷地咳嗽，看樣子隨時都會死去。

這傢伙受了這麼重的傷，還能爬到這兒來啊？若是人類，早已死透了吧……過去和鑿齒也戰鬥過不少次，好像沒看過這麼耐命的。

這傢伙的神色氣息實在不大好看，鳳凰這能力也真差勁，除了偶爾能看出別人是不是說謊之外，幾乎都是缺點……沈洛年皺了皺眉，轉身要走的時候，突然心念一動。

這傢伙如果一定會死的話……自己不但可以幫他解脫，還可以順便換點闇靈之力來用，這倒是個不錯的交易。

可是如果對方可以活下去呢？自己隨便出手，豈不等於胡亂殺人了？雖然這傢伙不算人，但就算是妖怪，在對方具備靈智又沒有衝突的情況下，總不好亂殺，要搞清楚才行。

沈洛年當下讓凱布利透出妖炁，呼喚出輕疾，一面說：「翻譯。」

「請說。」輕疾一面說，一面躍上了沈洛年的肩膀。

沈洛年準備完畢，這才看著那鑿齒說：「你好，我沒有惡意。」

隨著輕疾說出一串古怪的語音，鑿齒的神色變了變，除了原本的情緒之外，似乎又多了點驚疑。

這種妖怪沒見過輕疾嗎？沈洛年頓了頓又說：「你受了重傷，還有救嗎？」

鑿齒憎惡地瞪了沈洛年和輕疾一眼，目光轉開，用那短矛撐地，又繼續往南方移動，但也不知道是不是剛剛那一矛耗去了他大部分的體力，加上妖炁本來快要散盡，他只多拖了半公尺遠，就一個翻身摔倒，無力地在地上喘氣。

「輕疾，你說的眞是鑿齒語言嗎？」沈洛年忍不住問。

「是的。」輕疾說。

「那他怎麼不理我？」沈洛年皺眉說。

「不知。」輕疾說。

沈洛年心念一轉，對輕疾說：「你既然知覺遍布天下，應該了解很多事情吧？有問題可以問你嗎？」

輕疾沉默了片刻，這才回答說：「『基本型』並未提供這方面的功能。」

難不成還有高級型的？沈洛年一呆，愕然說：「怎樣才可以提供？」

「耗費多量妖炁的話，可召喚『多功能型』詢問，但你不具備這方面的能力。」輕疾頓了頓說：「高級說明中有提到這方面的訊息。」

「呃……還有多功能的喔？」沈洛年當初確實沒聽完說明，但那麼長一串，誰有精神慢慢聽？他只好哼了一聲說：「算了，我要上了！」

沈洛年正要向著鑿齒走近，突然輕疾開口說：「且慢。」

這還是第一次輕疾主動說話，沈洛年微微一愣說：「怎麼了？」

「本體想與你聯繫。」輕疾說：「請稍候。」

輕疾說完之後，突然躍下地面，過了片刻，土地緩緩隆起，凝出一個眞人大小、長袍長鬚，彷彿老人家一般的土人，那土人體表快速地凝結變化著，過了約莫兩分鐘，外型漸漸地轉變，越來越像個微微弓著身子的活人，一點也看不出是土壤所化。

沈洛年張大了嘴，愣愣地看著眼前的變化，一句話也說不出來，連那個鑿齒是死是活都忘了去理會，過了好片刻，那土壤化出的老人家雙目一睜，望向沈洛年說：「洛年先生，你好。」

媽的，好像眞人一樣……沈洛年呑了一口口水說：「你……你好。」

老先生滿是皺紋的臉孔露出微笑說：「半休眠了數千年，剛恢復活力不久，就和洛年先生締約，實在榮幸。」

過去的輕疾說話雖然也是很溜，但總有點機械化的感覺，似乎很多反應都是預先指定好的，和這老人大不相同，沈洛年上下打量說：「不敢當……這是多功能型嗎？」

「不。」老先生搖了搖頭說：「這是本體心智直接控制……不是那種制式分身。」

「呃？抱歉。」沈洛年尷尬地說：「我該叫你輕疾嗎？」

「輕疾是分身的稱呼，我道號后土。」老先生微笑說：「也有人稱我后土神或土地神。」

「后土不是女的嗎？」沈洛年微微一呆，以前好像拜過這種神？

「那是乾坤陰陽的觀念而來……我本無性別，男女只是形貌的不同。」后土說：「或者你比較希望我以女貌出現？又或是半人半蛇？」

反正他其實是土精，那也沒什麼男女之分，不過半人半蛇是什麼東西？沈洛年不好追究，搖搖頭說：「這樣可以了，你……后土神怎會有事情找我？」

「我確實許久沒以此形式和生靈接觸了……」后土笑容斂起，凝視沈洛年說：「你是否正打算使用闇靈之術？那可是一種會成爲妖仙界公敵的術法。」

「你也會把我當敵人嗎？」沈洛年吃了一驚，媽的，若連土地神也和自己作對，那天下有什麼地方可以躲？

「我是土化高精，並非妖仙一系，此事與我無關。」輕疾頓了頓說：「我不會把你的事情告訴任何其他妖仙，請放心。」

沈洛年這才鬆了一口氣，回頭想想，當初從闇靈那兒獲得的知識中，確實好像有提到，以物成精的精怪，闇之力對其無用，指的似乎就是這種修精的種類？當初自己不知道這些名詞，獲得知識的時候，也只能得其意而不能解其名……確實這些不大像生物，比如金犀匕也是這類的精怪，說不定連血飲袍也是？

沈洛年正沉思，后土卻接著說：「此術施用後，往往會造成世間大劫，我看你似乎並沒有藉此稱王之心，加上你有鳳靈換體之緣……能不用還是別用。」

「鳳靈換體，一點好處都沒有啊。」沈洛年說：「還是有什麼我不知道的？」

后土卻不回答這個問題，他閉目思索片刻之後才說：「你也有你的立場，眼前除了取得闇靈之力，你並沒找到其他的自保方式。」

「是啊。」沈洛年皺眉說：「不然我也不想用這法門。」

「我明白，你也在避免此事，所以……我有個建議。」后土說：「我可以破例長時間、免代價提供你多功能型分身，那可以回答你一些常識性的問題，也許對你生存下去會有幫助。」

「喔？那可就太好了。」沈洛年說到這兒，突然想起上次被闇靈拐了的事情，眼前這泥巴聚成的人體，可也看不出是不是說眞心話……當下有點戒懼地說：「爲什麼不用代價？」

后土卻嘆了一口氣，緩緩說：「很久以前，這世間曾遭受過幾次屍靈大劫……每次劫難興起，有靈智的妖仙幾乎總是死傷殆盡，土地乾裂、世間成爲鬼域，接著連一般生靈也難逃此劫；所以後來只要一知道有屍靈出現，天下妖仙便會群起圍攻，務要在對方成氣候之前，盡早消除大患。」

「這麼嚴重？」沈洛年詫異地說：「懷眞……怎還會叫我學這法門？」

「屍靈造成世間大劫，是非常非常久以前的事情，仙狐懷眞那時還未出世。」后土說：「她只知道屍靈爲天下公敵，不完全明白嚴重性。」

原來是這樣……沈洛年頭有點痛了，忍不住揉了揉太陽穴。

「此時世間道息不足、強大妖仙未至，你身負鳳靈、內蘊道息，加上九尾仙狐全力幫助，若一個轉錯了念頭，很有可能成爲新一代的屍靈之王，再度造成大劫。」后土沉聲說：「我不願這種事情發生，所以我協助你的條件就是——不能使用闇靈之力。」

「呃？」沈洛年瞪大眼說：「完全不能用嗎？直接吸收呢？那種可不會蔓延開來。」

「當眞？」后土問。

「對啊！咦……你不是什麼都知道嗎？」沈洛年訝然問。

「這片大地上發生的事情、說過的對話我都知道。」后土說：「但闇靈傳遞知識並非使用言語，我並不完全明白此術的機制……你說的直接吸取，就是讓對方成爲骨靈？」

「對。」沈洛年說：「骨靈神識已滅，不會有老鼠會的效果，但對我取得闇靈之力多少有點幫助。」

后土可比更多數的人還了解人類的語言，當然明白老鼠會的意思，他沉吟了片刻才說：

「那我便讓一步，你製造骨靈，取闇靈之力護身我不管，但若你嘗試製造殭屍或旱魃，我便不再協助你。」

這條件倒說得過去，自己本來就不想製造那種難以控制又會到處殺人的東西……沈洛年正想答應，又有點好奇地說：「既然你怕我變成什麼大魔王，怎不找強大妖仙來殺了我就好了？」

「在渾沌初起的時代，我受五古仙之助，成爲土化高精……答應除了以輕疾模式協助之外，絕不會藉著自己龐大的知能，干涉這世間。」后土頓了頓，望向沈洛年說：「如今我提供給你的幫助，也只是其他人若提供妖炁，便能獲得的常識和訊息，除了免代價這方面破例之外，並沒有違反我過去的準則，雖然有所謂的條件，你也仍舊擁有自主權。」

只聽懷眞說過四大古仙……莫非鳳凰也算一仙？沈洛年還沒來得及發問，后土已經肅容說：「如何？」

「應該沒什麼問題吧？」沈洛年攤手說：「聽起來不吃虧。」

「很好。」后土露出笑容說：「爲降低彼此的困擾，我免代價提供多功能型分身之事，還請對外保密。」

沈洛年皺眉點頭說：「知道了。」

「那就一言爲定。」后土也不多說廢話，就這麼化爲黃泥，融入土中。

沈洛年一愣，還沒來得及開口，卻見地上又冒出了輕疾小泥人，躍上自己肩頭說：「你好，我是多功能型輕疾。」

外型和基本型的似乎一樣嘛？連包裝都不改一下，看來后土不大會做生意，沈洛年說：「以後我什麼問題都可以問你嗎？」

「僅限於常識性的問題。」分身輕疾和本體后土比較起來，說話感覺生硬不少，只聽他背書般地說：「我不藉所知干涉、影響世間的運作，也不提供任何世間變化訊息。」

常識也不錯了，對於妖怪世界，自己連常識都不了解，沈洛年點點頭說：「有機會向你多多請教。」

「無須客氣。」多功能的輕疾，反應比基本型的人性化，但一樣頗冷淡，只聽他接著說：「還要繼續翻譯嗎？」

「繼續、繼續。」沈洛年說：「我還有點想一直讓你出現呢，可惜你太大隻了，這樣不方便。」

「我可以變成別的型態。」輕疾說。

沈洛年頗有興趣地說：「你還能變成什麼模樣？可以讓我看看嗎？」

「可以。」輕疾說：「現在嗎？」

「等等，先處理好這隻鑿齒。」這件事情比較重要，沈洛年目光轉向鑿齒，眼看那妖怪眼神翻白，口中出氣多，入氣少，連妖炁都若有若無的，看來眞的快不成了，沈洛年問：「他快死了嗎？」

「鑿齒和人類，除妖炁之外，身體構造很類似，流這麼多血，應該很難挽救了……」輕疾頓了頓說：「不過闇靈要的不是生命力嗎？這鑿齒生命力豈非已接近耗盡？」

「生命力不是最主要的。」果然輕疾不明白闇靈之力的機制，沈洛年解釋說：「闇靈要的是具高智力的魂魄力，生命力只是附帶……如果用懷眞的說法，似乎就是精智力。」

「原來闇靈也要精智力。」輕疾說：「精智力確實蘊含頗大的能量。」

聽起來還有別的東西也要精智力？不過這時候沒時間細問，那鑿齒眞的快死了，沈洛年湊近鑿齒，有點心虛地四面望了望，確定周圍都沒人，這才伸出右手，並把那股凝存在心臟的闇靈之力，往右手透出。

只見他手臂霎時帶出一片濃濁的黑氣，手臂的形貌在黑氣掩映間，變得有些模糊，同時周圍水分迅速迫開，四面空氣突然乾燥起來。

但這畢竟是第一次……即將與對方接觸之前，沈洛年吞了一口口水，手還是停了下來。

他想了想開口說：「告訴他，我將要奪取他的性命……問問有沒有什麼我可以爲他做的……」

輕疾照翻了之後，那鑿齒也不知道有沒有聽清楚，突然回過神，泛著血絲的雙眼怒睜，瞪著沈洛年，口中哇啊地不知嚷著什麼，輕疾還來不及翻譯，他突然一口鮮血噴了出來，跟著眼睛一翻，就這麼沒氣了。

來不及了？沈洛年一呆說：「死了嗎？」

「死了。」輕疾說。

「媽的，和你的本尊聊太久了。」沈洛年嘆了一口氣說：「浪費了一條命眞可惜……你知道附近哪兒有快要死的人嗎？」

「此爲非法問題。」輕疾說。

「什麼非法？」沈洛年一呆。

「違反使用者協定。」輕疾說：「詢問範圍僅限於常識性問題。」

「呃……這種問題不能問就對了。」沈洛年瞄了肩膀的輕疾一眼，沿著血跡往另一個方向走，一面說：「往這兒找找看好了……對了，你剛不是說可以變形嗎？」

「是。」輕疾說：「但爲了發出對方能聽清的說話音量，我需要一定的體積鼓風吐息。」

也就是說，比較輕便的狀態不能使用？沈洛年不禁有點失望。

「如果只和人遠距通訊，不是爲了對外翻譯，我可以縮小藏入你耳內。」輕疾頓了一下說：「這種狀況下，也可以與我對答，還可以避免他人竊聽……當時高級使用法你沒聽完，這方式有包含在其中。」

看來眞得找一段時間好好聽完說明，不知道還有多少功能？沈洛年抓抓頭說：「那你就藏入我耳中吧，就算不方便對外翻譯，至少可以翻譯別人說的話吧？」

「可以，而且語言與意志是相互連結的，具備意志感受力的大部分高智妖族，很容易就能聽懂人類的語言，只不過有些限於口腔構造，不便仿說人語。」輕疾的大部分身軀突然往外一縱，就這麼在半空中化成一片黃土落地，同時沈洛年左耳一癢，似乎有什麼東西鑽了進來，過了片刻，輕疾的聲音在耳中輕輕傳出說：「完成。」

「挺好的，又輕便。」這樣不會影響作戰，沈洛年說：「對了，請教一下，你知道鳳靈還有什麼其他能力嗎？」

「此爲非法問題。」輕疾說。

這也不能問嗎？沈洛年頓了頓，突然有點尷尬地說：「那……你知道懷眞爲什麼不能……有伴侶嗎？」

「此爲非法問題。」輕疾依然是那一句話。

眞沒人情味！沈洛年暗罵了一句，想了想又說：「那你知道怎麼解我和懷眞的咒誓嗎？這總算常識了吧？」

輕疾果然開口說：「兩方都出自眞心解咒，即可解；若咒誓標的物消失，亦可解。」

「標的物消失？」沈洛年說：「比如我體內的道息消失？」

「對。」輕疾說：「你無法提供、對方亦無法獲取，此約視同無效，可請玄靈解咒。」

「那……有辦法讓我體內的道息消失嗎？」沈洛年問。

「此爲非法問題。」輕疾說。

媽的，一到關鍵地方就不算常識了？但聽起來似乎是有辦法……沈洛年不再多問，一面思索，一面順著血跡往外找。

剛剛那鑿齒爬得還眞遠，沈洛年順著血跡走了三十多公尺，一面走一面嘖嘖稱奇，那傢伙受了重傷居然還這麼能爬，有如此強大意志力的傢伙，若吸收了說不定可以換來不少闇靈之力呢……眞是挺可惜。

走著走著，沈洛年繞到一塊林木較稀疏的地區，剛探頭一看，他不由得大吃一驚，眼前地上到處都是鑿齒的屍體，少說也有幾十具，這是剛剛那一隊人類殺的嗎？那些人是與鑿齒有仇嗎？這附近鑿齒是不是都被殺光了？

之前噩盡島上，鑿齒匯聚了幾萬人……在噩盡島大爆炸之時，不知道死了多少？爆炸之後，不知又來了多少？

這時不是胡思亂想的時候，沈洛年搖了搖頭，目光掃過地上，果然這不全然都是死屍，有些人還有半口氣在，沈洛年靠著妖炁與感應情緒的能力，是活是死看得清清楚楚，他選了個最近的、陷入昏迷的鑿齒走近，一面得意地說：「這次應該來得及吧？」

「也許。」輕疾說。

沈洛年蹲在那鑿齒身旁，仔細看了看，這鑿齒身上似乎沒什麼重大外傷，只有頭部有個鈍器擊打過的痕跡，雖然仍在滲血，卻似乎不是致命傷。

「這傢伙只是昏倒？」沈洛年上下打量。

「是。」輕疾說。

「想找個快死的還眞麻煩。」沈洛年皺起眉頭，繼續找下一個。

走沒幾步，又看到一個似乎被擊昏的鑿齒，胸口一道巨大的割裂傷，正不斷流出鮮血，沈洛年湊近一看說：「這個該會死吧？」

「如果沒有人幫忙止血急救的話，會死。」輕疾說。

這話是什麼意思？沈洛年呆了呆才說：「你要我救他嗎？」

「此爲非法問題。」輕疾說。

「媽啦！我是來找死人的，不是來救人的耶！」沈洛年忍不住開罵，輕疾卻不理他，就這麼安靜下來。

沈洛年看著那鑿齒胸口不斷滲出的鮮血，愣了幾秒，才憤憤地說：「我就算想救他，也不知道怎麼救。」

「如果你想學的話，我可以教你，這屬於一般常識。」輕疾又開口了。

是這樣嗎？哪些事情算常識根本看你高興的吧？沈洛年沒好氣地說：「很麻煩我就不學了。」

「不會。」輕疾說：「先將一部分血飲袍湊近，比如左臂。」

這麼簡單？沈洛年左手臂靠過去鑿齒胸口的傷痕，果然血飲袍不只對內有用，對外一樣有效，當衣服一接近，那傷口馬上合攏收口，血流自然也阻住了。

「左臂不要離開，右手抓泥土從血飲袍下糊上傷口，厚約一公分即可。」輕疾又說。

「那是傷口耶，塗泥巴好嗎？」沈洛年吃了一驚。

「現在傷口是密合的，不用擔心。」輕疾說。

沈洛年只好照做，當下把一塊塊帶著濕氣的泥土抹上鑿齒的傷口，塗得厚厚一層，但依然想不透，這樣做爲什麼能急救？莫非這些息壤泥土具有神奇的療效？

好不容易抹好，沈洛年正等輕疾解釋，卻聽他說：「使用一點闇靈之力，把泥土和傷口表層的水氣排除。」

還有這樣的？沈洛年詫異地說：「這哪叫一般常識？哪個醫生會這招？」

「這是一般常識的結合運用。」輕疾不急不徐地說。

沈洛年又好氣又好笑，左臂緩緩透出一股闇靈之力，倏然間泥土乾成石般硬塊，將傷口牢牢封起。

「可以了。」輕疾說：「他醒來之後，應該可以自行脫困，只要除去泥封、縫合傷口，自然可以慢慢痊癒。」

「誰管他會不會痊癒！我這次眞的要找快死的。」沈洛年憤憤地說：「還沒找到可以吸的，倒先耗掉了些闇靈之力。」

「你可以不救的。」輕疾說。

沈洛年一時語塞，只好閉嘴，繼續找著沒死的人，這麼繞了一圈過去，倒是又找到幾個傷者，不過大多只是暈了過去，也不用沈洛年救治，但註定要死的，卻是一個也沒找到。

「這兒躺了這麼多個，怎麼一個都沒有？」沈洛年大罵。

「你選擇的條件太嚴苛。」輕疾說。

沈洛年一愣，這才發現輕疾說得沒錯，看到傷不重的自己下不了手，當眞傷重的早就死了，也很難撐到自己出現，非死不可又特別耐命的那種，只能說可遇不可求……想到這兒，沈洛年皺眉說：「那該怎辦？」

「戰場附近等如何？」輕疾說：「剛打完的地方，快死的就多。」

「那兒有戰場？」沈洛年問。

「此為非法問題。」輕疾說。

「又來了。」沈洛年忍不住說：「那不如不要說。」

沈洛年這一抱怨，輕疾就不吭聲了，彷彿從來沒存在過，沈洛年生氣也找不到對象，只好罷了，他想了想，倒也自覺無理，只好說：「我上天空看好了，這附近天空安全嗎？」

「我對空中不了解。」輕疾回答。

說得也是，這傢伙管的是地面……沈洛年望望天空，頗有點打不定主意，不知道該不該飛上去。

還是像之前一樣，掠林而走好了，沈洛年繼續往西南的方向飛奔，遠遠地突然感受到一片妖炁在前方冒起，沈洛年微微一驚，速度放慢下來，找著遮掩物往那方接近，又奔出了數公里之後，終於在森林另外一端的一片長草原上，遠遠看到一大片高大的人形妖怪，那……莫非是牛頭人？

仔細一看，果然是千多名體型龐大的牛頭人，他們或坐或臥地分散在草原中，也不知道是不是因爲上方的太陽正烈，一個個看起來懶洋洋的，任長草這麼隨風往他們身上拍打。

不過也不是每個人都沒有精神，再往東南方望過去，卻見牛頭人圍起的大圈圈當中，居然有數千名體型較小的牛頭人，他們有的正跳躍奔跑，有的則在互相抵角而戲，看來似乎是牛頭人的小孩，眞是古怪，怎麼小孩比大人多？

話說回來，在四二九大劫之前，噩盡島上倒沒看過牛頭人的小孩，看來當時只有大人過來這兒探路，孩子們還沒過來……這麼說來，這些孩子比畢方、窮奇、麟犼的小孩可乖多了。

在沈洛年心中，無論是牛頭人或是鑿齒，都不算太強大的妖怪，不具太大的威脅……當然，沈洛年不耐久戰，對方要是沒完沒了地圍上來，他也無法支持，所以面對這麼一大群，不要貿然靠近仍是比較妥當的辦法。

沈洛年觀察片刻，開口說：「牛頭人看到我，會攻擊我嗎？……這問題總該算常識吧？」

輕疾的聲音從耳中傳出：「牛頭人善戰勇猛但不好鬥，至於對方會不會視你爲敵，要看這一族對人類的態度，不可一概而論。」

「牛頭人分很多族嗎？」沈洛年詫異地問。

「是。」輕疾說：「牛頭人逐水草而居，分成數個部族行動，比較方便。」

「那鑿齒呢？」沈洛年又問：「他們個性如何？有什麼資料可以說嗎？」

「鑿齒居住的地方是固定的，平時漁獵維生，這種妖族崇拜力量，以戰鬥獵殺爲樂。」輕疾那平淡穩定的聲音，有條不紊地說：「四千多年前刑天一族與鑿齒一族大戰，壓服鑿齒，使供驅策，後並傳鑿齒斧盾之法，然鑿齒身形輕靈快捷，與巨斧不合，便改斧爲矛，沿用至今，如今刑天與鑿齒兩族的相處模式，彷彿……」

「等……等一下，夠了。」沈洛年忍不住打斷說：「這次你怎麼說特別多？」

「你提出大的問題，答案自然就長。」輕疾說。

「呃……」這多功能型似乎也不見得多好用，沈洛年抓抓頭才說：「好吧……我還有個問題，鑿齒、牛頭人，在妖怪之中，似乎算是比較弱的？」

輕疾停了一下才說：「從剛剛的經驗判斷，你未必有時間聽我說完妖族的分類吧？」

「唔……」沈洛年苦惱地說：「那我該怎麼問？就不能簡化一點嗎？」

「當然可以，但是你需要提出要求。」輕疾接著說：「簡單依能力來分的話……從原型妖、融合妖之後，妖物精怪分兩種體系，生靈成妖是爲妖系、物質化精是爲精系，妖系分靈妖、妖仙、天仙、上仙四個階段，精系則分始精、元精、高精三個層次。」

沈洛年呆了片刻才說：「你的簡單說已經很複雜了。」

「那麼再簡化一點，只針對你想知道的部分解釋吧。」輕疾說：「一般的鑿齒、牛頭人是高智靈妖，壽命和人類差異不大，偶有出類拔萃者可修爲妖仙，但十分少見；窮奇、畢方等，因爲出生就帶有母傳道行，一開始就在靈妖頂端，只要按部就班地修煉，很容易就能修成妖仙，但此類仙獸僅有數千年壽命，修成天仙者極少；至於仙狐一系，修煉法門較特殊，修成九尾天仙的仙狐懷眞爲其中異數……妖界中，天仙已屈指可數，上仙更是罕見，你見過的古仙鳳凰，是其中之一。」

簡化再簡化之後，還是很複雜，沈洛年隨口說：「仙狐一系修煉之法是怎麼個特殊法？」

「此爲非法問題。」輕疾說。

媽的，這傢伙眞精明，騙不到答案，沈洛年翻了翻白眼說：「那精系呢？不介紹一下？」

「精體本無壽限，修煉講究的是目的，端看想止於何處，有時也會受外力作用影響。」輕疾說：「以你身上的東西爲例，如金犀匕修至元精階段，已能破天下萬物，便就此凝化固型，血飲袍乃『鬼車』滴血所化，雖然只是始精，也已定型……至於我的本體后土，則是高精。」

「鬼車是啥？」沈洛年頓了頓說：「簡單點解釋。」

「一種體型巨大的九首鳥。」輕疾說：「原有十首，但爲『相柳』所妒，遂慫恿『猰犬』噬其一，兩方因此結仇大戰，最後在『開明』協調下停戰，但鬼車斷首滴血不止，化爲血精，鬼車憤恨難息，開明以其血煉化爲『血飲布』，裹鬼車之傷，滴血方止。」

相柳？猰犬？開明？媽的，這些是啥東西？才問個鬼車，不懂的就越來越多，如果繼續問下去，恐怕沒完沒了吧？沈洛年決定放棄，搖搖頭說：「好了、好了……別說了，這些牛頭人過去似乎聽不懂人話，現在聽得懂嗎？」

「可以。」輕疾說：「古漢語和現今漢語仍有相通之處，說慢一點，對方可以理解的。」

「喔……」沈洛年想想又覺得不對，皺眉說：「他們壽命不是和人類差不多嗎？既然離開人界三千多年，古老的人類語言怎麼還會傳下來？」

「古漢語源自虯龍語，虯龍一族爲群妖之首，他們的語言一直是妖界的共通語言之一。」輕疾說：「而且對妖族來說，學習語言十分容易，聽懂人語並不困難，自然會配合人類，另外，妖族在仙界時的狀態，與你想像的不同。」

「反正他們聽得懂就好，那你就不用變大隻，省得我逃命不方便。」沈洛年心念一轉說：「剛剛那些鑿齒，會不會是牛頭人殺的？」

「此為非法……」

「好啦、好啦。」沈洛年沒好氣地打斷說：「我只是隨口問問，你也換一句回答如何？」

「那……這是禁止事項？」輕疾說：「比較好嗎？」

「……我在哪兒聽過這話嗎？算了，還是原來的好。」沈洛年不再和輕疾囉唆，心中沉吟，牛頭人個性不錯，看樣子又常和鑿齒打仗，如果跟著他們的話，說不定可以「撿」到快死的人……於是沈洛年說：「我上去打招呼試試，牛頭人速度不快，如果他們不懷好意，至少逃得掉。」

「那是一般的牛頭人。」輕疾說：「若有王者、皇族，就難說了。」

「唔？」好像懷眞也提過這名詞？沈洛年想起那隻巨大刑天和巨型鱷猩妖，張口說：「特別大隻的嗎？好像沒看到這種的。」

「不一定是大型的。」輕疾說：「各種族不同，也有體型相同，但體內妖炁特別強大的王者、皇族。」

「沒感覺到哪隻的妖炁特別強呢。」沈洛年望著那端。

「你的妖炁感應能力很適合拿來協助判斷，但不是百分之百準確。」輕疾說：「不過只要你沒有惡意，牛頭人主動攻擊你的機會不大。」

「那就好，我上了，你幫忙翻譯他們的話。」沈洛年深吸一口氣，走出森林，向著那片草原走。

一出草原，幾個牛頭人注意到沈洛年的身影，馬上站了起來，目光中流露出警戒的神色，沈洛年遠遠地揮了揮手，以不快不慢的速度，往那兒慢慢移動。

牛頭人一聲叫嚷，二十多人分成兩組，分往兩個方向，朝沈洛年身後林木中穿了過去，不知道是不是去搜索，另外一組十餘人，則帶著戒心朝沈洛年走來，遠遠那端，牛頭人的孩子被團團圍住，往草原另一端躲去。

眼見對方已經不遠，沈洛年先開口說：「你們好。」

牛頭人彼此互望了望，爲首的一人嘴角末端肌肉似乎有點鬆弛，也不知道是不是年紀較長……只見他鼻孔噴出一股氣，「哞哞」聲中，說了一串話。

輕疾馬上迅快地翻譯，原來牛頭人說的是：「人類？來此何事？」

「這個……半年多前，道息剛瀰漫的時候，我和其他的牛頭人，合作打過鑿齒。」沈洛年說：「剛剛經過看到你們，所以想來打聲招呼。」

牛頭人面面相覷，都透出了一股迷惑的神情，沈洛年正不知對方爲什麼這麼反應，輕疾已經開口輕聲說：「牛頭人並不笨，但他們本身語言簡單，不容易理解太複雜的話。」

原來如此，那就不用說一堆客氣話了，沈洛年抓抓頭說：「這樣說吧，我和牛頭人是一起打架的朋友，來打招呼的！」

「朋友！打招呼！」牛頭人聽懂了，露出歡喜的氣息，突然仰天怪叫一聲，跟著四面八方數千隻牛頭人一起喊了起來，一大片從鼻子發出的共鳴聲，在這大草原上迴盪，轟得沈洛年頭昏腦脹，想掩住耳朵又不好意思。

這時穿入林中的兩隊牛頭人，似乎已經把周圍巡了一遍，再度奔了出來，牛頭人確認了沈洛年只有一個人到此，為首的那個牛頭人湊近，有點好奇地說：「朋友，跑來，做什麼？」

「你們最近要打架嗎？我……想跟著。」沈洛年一面說一面暗暗皺眉，自己這理由似乎挺牽強的？

「你，打架？」牛頭人上下看了看毫無妖炁的沈洛年，目光中透出疑惑的神色。

「這個……」沈洛年呆了呆才說：「我會治病，打仗可以幫忙。」

「神巫？」牛頭人露出喜色，一把抓著沈洛年的手就往裡面拉。

沈洛年見對方充滿了驚喜之色，並不帶惡意，當下也不抗拒，就讓對方拉著走，不過一面走，一面忍不住低聲問輕疾：「神巫是啥？」

「古時對醫者的稱呼。」輕疾說：「你怎會治病？牛頭人最討厭人說謊了。」

「你會啊。」沈洛年偷偷吐舌頭說：「不是可以教我嗎？這算常識的一部分吧？」

「就算把知識教給你，完全沒有操作經驗，一樣會出錯的。」輕疾說：「告訴你怎麼開刀之後，難道你就會開了？」

「呃……」沈洛年這才知道自己似乎說錯話了，他愣了愣說：「那現在怎辦？可以告訴他我是開玩笑的嗎？」

「他會翻臉吧。」輕疾說：「我說過他們討厭人說謊。」

「呃……」沈洛年當下只好四面張望，開始研究逃命的路線，若是逼不得已，看來只好飛到天上開溜了。

ISLAND

環遊世界

牛頭人帶著沈洛年一路往內走，繞過了那群小牛頭人，走到一圈豐厚短草壓平的凹地，沈洛年走近一看，不由得吃了一驚，卻見裡面躺了十幾個動彈不得的牛頭人傷者，一個個正痛苦地喘氣、呻吟著，也沒注意到有人類接近。

「神巫。」領著沈洛年過來的牛頭人，那兩隻還帶著蹄形的巨掌，抓著自己的牛角尖端，低頭說：「請幫助我的族人。」跟著周圍不少聚集過來的牛頭人，也做出了同樣的動作。

輕疾翻譯完之後，還補了一句：「那是牛頭人表示敬意的姿勢。」

沈洛年四面望過去，卻見這些牛頭人身上都是十分嚴重的粗糙撕裂、穿刺傷，有的傷口已經開始腐敗，大部分都正發著高燒……這可不是一般的疾病啊？這是怎麼回事？他們當眞剛打過仗嗎？

沈洛年走近幾步，看著那些牛頭傷者，低聲說：「這些有辦法嗎？」

「大都是外傷，還好。」輕疾說：「要準備乾淨的針線紗布包裹，另外還有消炎、退燒、鎮痛的藥物。」

「針線那些，去哪兒生啊？」沈洛年低聲說：「這些牛頭連衣服都不穿，哪會有布？更不可能有針線藥物。」

「先找最容易取得的代替品，我教你怎麼說……」輕疾當下迅快地說了一串話。

「那是什麼？」沈洛年詫異地問。

「那些都是他們語言中的名稱，你聽不懂的。」輕疾說。

沈洛年聽完，呆了半晌才說：「我忘記或說錯的話……要提醒我。」

「知道。」輕疾說。

沈洛年又默唸了兩次，這才皺眉回頭，對著正期待的牛頭人說：「派幾個人，分頭去找大量的……『慟貿』、『噢彌』過來，另外還要門書……不，不對，是『孟書』，對，抓一隻孟書來。」

牛頭人聽得一愣一愣，詫異地說：「不能吃。」

「治病要用。」沈洛年根本不知道那些名詞是什麼，只能硬著頭皮說：「另外我還要去找藥。」

牛頭人連忙轉頭吩咐，當下好幾個牛頭人快速奔了出去，而沈洛年身後也跟著五個牛頭人，雖說是準備幫忙搬「藥」，但說不定其實是怕沈洛年溜了。

「其他藥物名稱牛頭人也不知道，得自己去。」輕疾說：「先往你來的方向走吧……森林中那些藥物生長的機會比較大。」

「你該知道哪兒有吧，直接告訴我不是很好嗎？」沈洛年抱怨說。

「此爲非法問題。」輕疾說：「我只能告訴你那些植物生長的環境與外型等相關知識，並協助判斷。」

媽的！這腦袋轉不過來的傢伙，沈洛年一面暗罵，一面提高速度，帶著那幾個牛頭人，向著森林奔去。

□

過了四個多小時，太陽都快下山了，沈洛年才和那五個牛頭人奔回，他們每個人都抱著一個空心大樹幹，樹幹中放著滿滿各式妖界植物，沈洛年雖然沒有一樣知道名稱和用途，但輕疾既然說有用，就只好先搬回來……至於那些樹幹，當然是用金犀七臨時製造的。

沈洛年奔入傷患區，遠遠就看到入口處放著一粗一細，兩團小山般的刺藤，沈洛年不禁一呆說：「那是什麼？」

「細的是『慟貿』，粗的是『噢彌』。」輕疾說：「『慟貿』的筋絡十分堅韌，『噢彌』有網狀內皮層。」

「要幹嘛？」沈洛年說。

「代替縫線和紗布。」輕疾說：「去教牛頭人怎麼做，然後交給他們處理，要交代他們洗淨。」跟著又說了一串。

剛剛眞不該冒充醫生的……沈洛年一面嘆息，一面皺著眉頭走近，這時幾名牛頭人滿臉期待地迎了上來，爲首的似乎仍是先前那位，沈洛年只好說：「那個……找幾個人來學我做。」

牛頭人一愣，連忙揮手叫眾人湊了過來。

跟著沈洛年就在輕疾指揮下，毛手毛腳地把滿是刺的「慟貿」抽出筋絡成絲，然後把「噢彌」剝皮，再把皮下纖維網層取下，在一段很不俐落的示範過之後，他這才滿頭大汗地逃開。

才剛逃出刺藤地獄，沈洛年卻見一個牛頭人一臉迷惑地站在自己面前，手中捧著一條帶著妖炁、還在跳的扁平妖魚，他吃驚地說：「我很少吃生魚，能不能熱一下……？」

牛頭人似乎不大明白沈洛年的意思，瞪著那對牛眼發愣，沈洛年還沒來得及繼續說，輕疾已經開口：「這是『孟書魚』，不是給你吃的。」

媽的，「孟書」是魚？不早講！沈洛年低聲說：「又要幹嘛？」

「孟書的刺，筆直堅韌、銳利不易折斷，適合用來做針。」輕疾說：「你把肉挑掉，截下粗骨，開啓時間能力後以金犀匕小心地穿出尾孔，之後把傷者一個個帶去水邊把傷口洗淨，就可以開始救治了。」

「水不用煮過消毒嗎？」沈洛年問。

「一點小細菌，具妖炁的牛頭人不怕，用藥物處理就好。」輕疾說：「牛頭人不擅生火，沒法讓他們幫你煮開水，你又沒時間自己慢慢弄，乾脆不要，有時間的情況才這麼做。」

「知道了。」沈洛年嘆了一口氣，反正已經誤上賊船，今天就把這醫生遊戲給好好扮演到底吧。

又花了幾個小時，直到彎月懸空，沈洛年終於把這一點都不順手的工作做完，眼見十幾個傷者都已治療妥當，他不禁大嘆了一口氣。

而那些傷者，在沈洛年縫合傷口，並敷以各種退燒、鎮痛的植物碎末，固定包裹後，正一個個沉沉睡去，臉色似乎都好了不少。

「神巫。」那為首的牛頭人走近，對沈洛年以牛頭人的致敬姿勢又行了一禮，似乎很高興地說：「他們有救了？」

「應該吧。」沈洛年說著輕疾說過的話：「你們體質強壯，只要傷口好好料理，很容易恢復。」

「謝謝，謝謝。」牛頭人感激地說。

「除了藥物之外，一些簡單的包裹、傷口縫合，你們沒人會嗎？」沈洛年忍不住問。

牛頭人一呆，有點慚愧地搖搖頭說：「我們不會。」

「只有人類或能化人形的妖仙，才有製造布匹的概念。」輕疾則在沈洛年耳中低聲說：「牛指蹄形還在，拿武器還勉強，不適合做操針縫線、包裹傷口的細工。」

「我沒看過牛拿武器。」沈洛年低聲說。

「一般武器不如牛角和指蹄。」輕疾說：「不如不拿。」

沈洛年這一和輕疾低聲對話，自然把牛頭人晾在那兒，他發覺牛頭人正瞪大眼睛看著自己，不好意思地說：「沒什麼，我習慣自言自語。」

牛頭人愣愣地點了點頭，這才一臉熱切說：「神巫，來幫打仗、戰士、治病？」

差點忘了原來的目的，沈洛年拍了自己腦門一下，這才說：「你們正在打仗嗎？」看來不像啊，大部分牛頭人都看起來很輕鬆的模樣，一點也沒有肅殺感。

「剛要開始。」牛頭人往南方指指，又指著受傷的那些人說：「這些第一批，受傷。」

原來不是在這兒打，莫非這些傷患都是運回來的？看來這兒是大後方，難怪這麼多小孩……不過鑿齒不是在北邊嗎？怎麼跑去南邊打仗？

「神巫，去嗎？」牛頭人期待地說：「受傷不用送回來。」

當然要去，戰場上才能找到快死的人吧？沈洛年當下點了點頭說：「我去。」

「太好了。」牛頭突然往後一聲呼嘯，馬上跑出了近百名壯健的牛頭人，奔站在沈洛年面前，排頭的牛頭人在沈洛年面前轉過身蹲下，身子往前傾，抬著頭，露出平坦的後背。

這是幹嘛？當初牛頭人低著頭對鑿齒衝鋒，似乎也是這種姿勢，沈洛年微微一愣才說：「現在就去嗎？」

「治病要快。」牛頭人懇求地說：「請……幫救人，我們送你。」

這樣說實在很難拒絕，沈洛年抓了抓頭，看著那蹲下的牛頭人說：「坐他身上？」

牛頭人看沈洛年似乎不明白，伸手將還不到自己胸口的沈洛年一把舉起，讓他跨坐在那牛頭人腰背上，除了讓牛頭人伸手挾著沈洛年的雙腿外，還讓他趴下用手抓住兩邊牛角，一面說：「抓緊，很快。」

反正不讓自己睡覺就對了？沈洛年正苦著臉，只見牛頭人分工合作，有人揹著那幾個裝著剩餘藥物的大木桶，有人拿著那些代替用的絲線和網布，沈洛年目光一轉，望著那些傷者說：「受傷的人還要換藥啊，我走了怎辦？」

「他們，也送去。」幾個牛頭人，把受傷的牛頭人也一把揹起，那爲首的牛頭人看看周圍，回頭拍了拍沈洛年肩膀說：「好了，神巫朋友，謝謝。」

「呃？」沈洛年還來不及說話，那蹲低的牛頭人突然站起，就這麼低著頭往南狂奔，其他牛頭人不管揹著東西還是空著手的，也跟著一起衝，在這夜色深濃的時分，只聽轟隆隆的蹄聲震天而起，就這麼一路往大草原的南方響去。

跑著跑著，沈洛年頗爲意外，牛頭人這麼低著頭跑，竟然眞的又快又穩，除了蹄聲頓地的沉重聲響外，幾乎沒什麼不適的感覺，他卻沒想到，若非能又快又穩，如何能精準地使用牛角攻擊敵人？

總之沈洛年今天從午後忙到現在，也實在累了，他趴在牛頭人赤裸、涼快，帶著短毛的背部肌膚上，看著草原不斷地往後飛閃，那迎面而來的晚風，帶著點舒適的草原香味，在那整齊而有節奏的震地響聲陪伴下，沈洛年就這麼閉上眼睛，迷迷糊糊地睡了過去。

也不知道過了多久，沈洛年一覺醒來，已經從大草原進入了森林，這時東方太陽剛探出頭，森林中的露水未褪，空氣中帶著點潮濕的清新味，沈洛年坐直身軀，伸個懶腰周圍看了看，見這百餘名牛頭人似乎都不累一般，仍一聲不吭地猛衝，沈洛年不禁有點佩服，這些傢伙只吃草，眞不知怎麼長出渾身肌肉和無窮的精力？話說回來，眞正的牛也壯得很……不只是牛呢，草食動物似乎都很壯，說不定吃草其實挺有道理的？

對生物常識不怎麼了解的沈洛年，胡思亂想了片刻後，這才低聲說：「輕疾，在嗎？」

「在。」輕疾應聲說：「你並沒將我解散，我現在是免代價狀態，不會自動消失。」

「是嗎？」沈洛年頓了頓說：「你知道牛頭人和誰打仗嗎？」

「此爲非法問題。」輕疾說。

「我想也是。」沈洛年本是聊天般地隨口問問，既然不能說，他也不追問。

「不過有關前方森林深處，主要住著什麼種族，倒是可以詢問。」輕疾說。

「喔？」這樣等於是變相的告知嘛，原來各地種族分配狀況算常識？沈洛年從善如流地說：「什麼種族住在那兒？」

「雲陽。」輕疾說。

「啊？」沈洛年大吃一驚：「他們正和雲陽打仗？」

「此爲非法問題。」輕疾說。

「非你媽啦！」沈洛年忍不住叫了起來，卻見不少牛頭人轉過頭詫異地看著自己，只好乾笑著揮揮手，表示沒事，他一面暗暗叫苦，怎忘了牛頭人和雲陽是世仇，早該想到是和雲陽起了衝突……沈洛年想了想，再度壓低聲音說：「雲陽救過我，和懷眞又有交情……幫牛頭人打雲陽未免不講道義，這該怎辦？」

「此爲非法……」

「好啦、好啦，我自己想辦法……」沈洛年打斷輕疾的話，想著想著，不禁頭大了起來。

□

花蓮港，清晨。

龐大的船隊，正搭載著數萬名男女老少，準備出發向噩盡島航行。

彷彿慶典一般，港口碼頭上擠滿了歡送人潮，但歡欣之中，仍不免透出離情，船上、船下不少人正依依作別，彼此約定著日後在噩盡島重會。

隨著領航船艦傳來的號角聲，船隻一艘艘地揚帆向著東方外海駛去，港口這兒送行的人們也漸漸安靜了下來，看著那龐大船隊正對著太陽航行，離情也似乎在不知不覺間，被旭日之光轉換成一種期待的心情——噩盡島，到底是不是個能終結噩夢的島嶼？

無論有沒有妖怪來犯，這兩個月時間也不能浪費了，讓已有的船艦多來回一次噩盡島，又能多載運三萬餘人，而因爲確定了噩盡島上暫時是安全的，這次艦隊將由黃齊、白玄藍兩人領軍，另外還有李翰帶著百餘名相熟的引仙部隊隨行，抵達之後，黃齊夫妻和部分引仙部隊將會留在噩盡島，照料台灣前後兩趟過去的人民，李翰則會帶著部隊，再度領船隊回返台灣。

這樣兩次來回之後，台灣仍有十餘萬人，就算加上期間兩個月的趕製船隻，要一次遷移實在是不可能的事情，這也是前幾日賴一心、葉瑋珊等人一直在擔心的事，直到聽到懷眞最後帶來的消息，確定了殺人妖怪只是謠言後，眾人終於鬆了一口氣，雖然船一樣得造，但心情可是大不相同。

白宗等人，這時當然也在港口送行，等船隻終於全部離開了花蓮港，眾人相對而笑，都感欣慰，最近可說是一切順利……殺人妖怪確定是謠傳，木料每日源源不絕地從上游漂下，周圍肆虐的狗妖，在白宗眾人親自率隊四處討伐之後，狗妖死傷慘重、元氣大傷，最後分往南北逃竄，花蓮附近數十公里內，再也沒有狗妖的蹤跡，郊區田地又可以讓農民耕作。

至於吳配睿繼父吳達組成的「白宗自治部隊」，兩日前葉瑋珊得到消息，並和吳配睿溝通之後，當晚便出面干預，使停止運作，不過吳達還頗振振有詞，辯稱自己並非想中飽私囊，收稅的目的是打算上繳白宗，日後由宗長統一處理，也算是宗門的薪資和福利。

這話雖然說服力不高，卻也沒法硬指他說謊，加上吳配睿母親不斷道歉和保證下，葉瑋珊倒也不好多說，考慮到對方畢竟是長輩，葉瑋珊只派人先暫時留意著他們的行動，打算和市政府協調之後，再由他們決定處理方式。

但爲了吳配睿著想，加上白玄藍等人出發在即，不想讓他們操心，這件事葉瑋珊並未對其他人張揚，而吳配睿次日知道結果後，也不置可否，似乎沒什麼意見，葉瑋珊自不再提。

「哎呀……」瑪蓮看著逐漸遠去、駛向地平線的船隊，扛著大刀嘆氣說：「狗妖也殺到跑光了，之後這兩個月要幹嘛啊？」

張志文笑說：「阿姊，還想練刀的話，我陪妳去花東縱谷找狗妖啊。」

瑪蓮白了張志文一眼，不理會他，轉頭對奇雅笑說：「奇雅，我們去花東縱谷玩好不好？不然宜蘭也可以。」

奇雅微微搖頭說：「狗妖既然怕了我們，就別濫殺了。」

「好吧。」瑪蓮有點洩氣，忍不住回頭又瞪了張志文一眼。

「說起來，這兒好像可以住下去了……」黃宗儒望著東方的海洋，突然有點感慨地說：「我們眞要離開台灣嗎？」

「宗儒，怎麼突然又這麼說？」賴一心詫異地說：「都送去五萬多人了。」

黃宗儒思考了一下才說：「我整理了一下各種資訊，產生了一個想法……也許這兒其實也會挺安全的。」

「你這不是何宗的想法嗎？」瑪蓮瞪眼說。

「我是有道理的。」黃宗儒忙說：「因爲過去這兒有神獸坐鎭，所以半年內沒有像鱷猩妖、刑天那種凶殘又強大的妖怪出現，只有比較弱的狗妖出現。」

「以後可能還有更強的妖怪來咧。」張志文接口說。

黃宗儒點頭說：「隨著道息增加而來的，確實可能很強大。」

「靠！那你還說別搬？」瑪蓮皺眉說：「無敵大越來越愛賣關子，好好一句話喜歡顛倒來說，都聽不懂。」

「阿姊，妳聽我解釋。」黃宗儒苦笑說：「懷眞姊說過眞正強大的妖怪，大多不會理會人類，所以那種妖怪就算來到台灣，我們也不用害怕……而對人類有威脅的妖怪現在應該都已經回到人界了，既然當初沒選擇在台灣出現，日後遷來台灣的機率實在很小。」

奇雅輕側著頭接口說：「機率雖然小，還是有可能發生，何必冒風險留下？」

「正如我之前說的，噩盡島有資源的問題，久住之後，問題恐怕會越來越大。」黃宗儒說：「和這風險相比，我眞的不知道哪個選擇比較好。」

眾人思索中，葉瑋珊緩緩開口說：「我對於搬到噩盡島，也有擔心的地方，但和宗儒煩惱的不同。」

「宗長怎麼想的？」黃宗儒沒聽葉瑋珊提過，有點意外。

「關於你擔心的事情，我反而不大擔心。」葉瑋珊說：「住在噩盡島上，若缺資源，可派變體者、引仙部隊離島至其他陸地挖鑿搜取，雖然很不方便，但對大多數一般人民來說，這樣才安全。留在台灣，日後萬一有妖怪侵略、攻擊之類的意外，我們未必會有事，但一般人就很難說了，否則四二九之後，台灣也不會死到只剩下十幾萬人。」

黃宗儒一聽不禁額上冒汗，有點慚愧地說：「宗長說得對，我只想到我們而已，對一般人來說，確實還是噩盡島安全。」

「哈，無敵大也有吃癟的一天。」瑪蓮笑說：「那宗長是擔心什麼？」

「當初決定搬去噩盡島，其實是我們和賀武他們商量出來的主意，懷眞姊聽到之後，只是不置可否、沒反對而已。」葉瑋珊皺眉說：「其實息壤這東西，連懷眞姊都搞不懂，以後噩盡島會不會又突然爆炸，或者沉沒，誰也不知道。」

「宗長！」吳配睿吐舌頭說：「妳怎麼都沒提過？這比無敵大擔心的事，嚴重很多耶。」

「但也可能是我杞人憂天啊。」葉瑋珊苦笑說：「也許永遠不會出事呢？」

「唔……」眾人都沉默了下來。

這方面的事情，不屬於賴一心會關心的範疇，正四面張望的他，突然開口說：「那不是阿哲嗎？」

眾人跟著轉頭，果然看到一個年輕人正掠過一大片廢墟區，往這兒飛躍。

這個小高地雖然只在港口北端不遠處，但除了白宗以外，卻沒有其他人出現滋擾，主要就是因爲這一片廢墟一般人不容易越過，而其他的引仙者知道白宗眾人在此，也主動避開，讓眾人自在閒聊，既然有人突然跑來，想必是有事。

突然跑來的阿哲不是別人，就是當初隨葉瑋珊等人來回噩盡島的引仙部隊上尉連長——印晏哲，眾人畢竟都是年輕人，慢慢熟稔之後，也不再客套地稱他爲印上尉，大多改稱他阿哲。

「報告宗長！」印晏哲奔近後停在數公尺外，有些爲難地看著葉瑋珊。

葉瑋珊微微一怔，走近印晏哲說：「怎麼了？」

印晏哲這才湊近低聲說：「吳達夫妻不見了。」

「什麼？」葉瑋珊吃了一驚。

「不久前，他們夫妻說要去幫老宗長送行，盯著他們的年輕弟兄不好攔阻……」印晏哲說：「到了港口人多一亂，他們倆就不見了。」

這可麻煩了，如果按照吳配睿所說，吳達實在不是什麼好人，他若只跑出花蓮還是小事，若跟著船隊到了噩盡島，又沒人留意的話，不知道會鬧出什麼事情？葉瑋珊皺起眉頭說：「他們是往外跑嗎？還是趁隙上船了？」

「不知道。」印晏哲苦著臉說：「我已經罰那兩個弟兄關禁閉了，但我管理不當也有責任，請宗長處罰。」

這時候煩惱也沒用了，總不能叫張志文飛著追去，讓全船隊停下來搜查……葉瑋珊思索說：「跑了也沒辦法，這件事你先別說出去。」

「是……」印晏哲頓了頓說：「宗長，實在對不起。」

「派人四面巡一下，也許他沒上船，看能不能找到什麼蛛絲馬跡。」葉瑋珊又說。

「是，我馬上就去。」印晏哲躬身一禮，彈身而去。

葉瑋珊回過頭，見眾人都有點好奇地望著自己，卻不知該怎麼說明，只忍不住深深嘆了一口氣。

這些引仙部隊，雖然也很尊重白宗其他人，但卻只把具有引仙之術的葉瑋珊當成頂頭上司，而葉瑋珊近日牽涉的公務越來越多，也不是第一次有事私下麻煩他們處理，此時見葉瑋珊只嘆氣不說話，眾人不便追問，正想另找話題的時候，賴一心突然開口說：「各位，我們最近似乎會挺閒的……我有個想法，想和大家討論一下。」

正擔心日後無聊的瑪蓮眼睛一亮說：「一心有什麼好主意？」

賴一心一笑，轉頭問：「宗儒，照你剛剛說的，台灣這兒，短時間內應該很安全吧？」

黃宗儒一愣，點點頭說：「一般引仙部隊應付現存的狗妖問題不大，其他的妖怪短時間也不會遷移過來，除幫忙造船外，在船隊回來前，沒什麼我們可以做的事情。」

「救命啊。」瑪蓮抱著頭說：「不要叫我去造船砍木頭！」

「我是這樣想的……」賴一心望著葉瑋珊，抓了抓頭笑說：「除了台灣之外，這世界應該還有很多人活著，他們也需要幫助，也可能還不知道搬去噩盡島比較安全……」

「嗄？」眾人一起叫了起來，侯添良首先張大嘴說：「一心你想幹嘛？不會是……」

「太帥了！」瑪蓮興奮地大叫：「環遊世界嗎？阿姊支持啦！我要去看世界七大奇蹟。」

「贊成！」吳配睿雖然膽子不大，卻很好事，當下不管三七二十一，先贊成再說。

「很危險啦，不好吧？」張志文卻是大皺眉頭。

奇雅、黃宗儒、葉瑋珊三人比較穩重，都沒開口，三人對望一眼，眉頭都皺了起來。

這一瞬間，三人腦海中想到的事情都差不多，台灣這兒確實沒什麼好擔心，問題是離開台灣後有多危險卻很難說，不過賴一心說得也沒錯，這世界可能還有很多人需要幫助，此時世間妖怪橫行，能幫助他們的人實在不多，白宗眾人在現今人類中，畢竟是比較有能力的人……

三人思索的同時，賴一心又笑著說：「宗儒剛剛也說了啊，強大的妖怪，不會特別來找我們麻煩，至於一般妖怪的聚集處……殘存的人類也不可能住在那種地方，世界這麼大，我們只要繞著沒妖怪、又適合人類居住的地方尋找，應該挺安全吧？沒問題啦。」

沒問題才怪，葉瑋珊白了賴一心一眼說：「就像你說的，世界這麼大，你打算怎麼找起？人類又沒有妖炁可以感應，我們這麼徒步搜索過去，花幾年也搜不完一小片山區，何況全世界？」

「對耶。」賴一心睜大眼說：「妳覺得呢？該怎麼搜索？」

葉瑋珊一愣，沉吟說：「那就只能每到一個地區，就請志文先從空中尋找人類可能會躲藏的地方，然後我們再根據妖炁分布的狀態……」葉瑋珊說到這兒突然停口，瞪著賴一心頓足嗔說：「是我在問你呢！怎麼變我在想？」

「我本來就想問妳的啊。」賴一心笑說：「妳不幫我想嗎？」

聽賴一心這話透著親熱味道，葉瑋珊臉一紅，故作不知地轉頭看向奇雅和黃宗儒說：「你們覺得呢？」

「假設……我只是假設喔！」黃宗儒望著眾人說：「假設眞的要去，台灣不留人嗎？」

「有人想留下嗎？」吳配睿忙叫：「我可不留！」

瑪蓮馬上對著張志文撇嘴說：「你不是說危險，留下吧？」

「不行，我要保護阿姊！」張志文一臉認眞地說。

「我才不用你保護。」瑪蓮瞪眼。

「那我保護阿姊之餘，有空就去空中偵查好了。」張志文眨眨眼說。

瑪蓮一愣，眾人中確實只有張志文會飛，看樣子他非去不可……自己當然會拉著奇雅去，奇雅若去，那黑臉猴當然也會想跟，賴一心和葉瑋珊是秤不離砣，吳配睿也很愛玩……想到這兒，瑪蓮看著黃宗儒說：「無敵大，那當然是你留下啦！」

眾人確實都想到這一點，這下都看著黃宗儒，卻見黃宗儒搖手說：「我留下的話，遇到強敵時，誰保護奇雅和宗長？」

奇雅哂然說：「要去就一起去吧，缺了誰都有問題。」

「那就一起去，要從哪邊先開始？去大陸嗎？最近的就是福建吧？之後要往……」瑪蓮說著說著突然罵：「靠！福建旁邊的省叫啥名字？」

「我不是這樣想。」賴一心搖頭說：「四二九之前，總門調回去的變體者很多，那些大部分都是中、日、韓的部隊，尤其是大陸最多……最需要我們的，不是這些地區。」

「那就是說……」黃宗儒沉吟說：「東南亞開始嗎？」

「我想從菲律賓開始，之後繞去東南亞。」賴一心比手畫腳地說：「再從緬甸繞去印度，之後是西亞、非洲、歐洲，然後從北歐往……」

「你給我等一下！」怎麼討論的方向，從「要不要去」變成「從哪兒開始」了？葉瑋珊忍不住好氣又好笑地打斷說：「等決定真要去的話，再研究行程還來得及。」

「也是。」賴一心笑說：「妳決定怎麼走吧？」

眞是拿這人沒辦法，葉瑋珊白了賴一心一眼，嘆氣說：「等問過懷眞姊，再做決定好嗎？她爲了那謠言特地趕來，還幫我們收集木料，總不能這樣一聲不吭地跑了。」

「好啊、好啊。」賴一心笑說：「若是懷眞姊和洛年能一起去，那就最好了，他們倆的感應能力很棒，大有幫助。」

「還敢提洛年。」葉瑋珊瞪眼說：「洛年若在這，一定先罵你一頓！淨想做些危險事！」

「可能喔，洛年好凶。」賴一心不以爲忤，呵呵笑著說。

葉瑋珊只能又嘆了一口氣，她心裡有數，賴一心既然起了這念頭，除非眞有足夠強烈的反對理由，絕對攔不住……這趟環遊世界之旅，看樣子是免不了了。

《噩盡島　8》完

輕疾
多功能Ver.
喔喔~得到超方便的道具，
快來試試它的效能。
鳳靈有什麼功能嗎？
此為非法問題。
怎樣讓我的道息消失？
此為非法問題。
附近哪裡有賭場？
此為非法問題。
瑋珊的內衣……
此為非法問題。
懷真交過幾個男友？
此為非法問題。
噴血
夠了，
我要解約。
此為……

GAEA

下集預告

噩盡島 9 *5月　轟動登場！*

沉睡的預知者！

白澤血裔再現！
新預言——世界再次面臨劇變！
滅族之戰，神權之國，大地崩移，
未知與宿命的戰鬥，奪權與殺伐的時代……

莫仁最新異想長篇
即刻翻轉你所認識的世界！

國家圖書館出版品預行編目資料

噩盡島／莫仁 著.——初版.——台北市：
蓋亞文化，2010.04-
冊；公分.

ISBN 978-986-6473-69-2（第8冊：平裝）

857.7　　98015891

悅讀館　RE218

噩盡島 8

作者／莫仁
插畫／YinYin
封面設計／克里斯
出版社／蓋亞文化有限公司
地址◎ 台北市103承德路二段75巷35號1樓
電話◎（02）25585438　傳真◎（02）25585439
部落格◎ gaeabooks.pixnet.net/blog
電子信箱◎ gaea@gaeabooks.com.tw
投稿信箱◎ editor@gaeabooks.com.tw
郵撥帳號◎ 19769541　戶名：蓋亞文化有限公司
法律顧問／宇達經貿法律事務所
總經銷／聯合發行股份有限公司
地址◎新北市新店區寶橋路235巷6弄6號2樓
電話◎（02）29178022　傳真◎（02）29156275
港澳地區／一代匯集
地址◎九龍旺角塘尾道64號龍駒企業大廈10樓B&D室
電話◎（852）27838102　傳真◎（852）23960050
初版九刷／2022年1月
定價／新台幣 220 元
Printed in Taiwan

ISBN／978-986-6473-69-2

GAEA

Gaea